私のことも、
された僕が、
かける話〜
JN073992
午鳥志季
イラスト／そふら

アイヴィス
リベルガスケット
「私はアイヴィス・リベルガスケット。
よろしく、ユート」
アイヴィス
銀河最強として恐れられるリベルガスケット星軍の皇女。
進藤悠人
【しんどう・ゆうと】
ごくごく平凡な高校生。美人の恋人ができて浮かれていたが……？
一本木進
【いっぽんぎ・しん】
悠人の友人。女性経験豊富なチャラ男？

「一緒に動物園に行く夢が叶いました。
その……彼氏、と……」

これって二股じゃないのか……!?

日野叶葉
【ひの・かなは】

悠人の同級生。
穏やかな物腰で隠れ
ファンも多い。

「地球人の男女は、付き合ってたらするんでしょ？
……いいよ。ユートなら」

「悠人さん、どういうことですか？」

「ユート、どういうこと？」

Design／伸童舎

好
私のことも、好きって言ってよ！
～宇宙最強の皇女に求婚された僕が、
世界を救うために二股をかける話～
イラスト／そふら
午鳥志季
き！

Nova 0.　世界を救うヒーローには、なれませんでした

突然の話だが、進藤悠人が二股をかけたせいで世界が滅ぶかもしれない。

夕暮れ時、放課後の教室には茜色の光が差し込んでいる。少し埃っぽい空間の中で、悠人は壁際に追い詰められていた。

目の前には二人の少女がいる。彼女たちは責めるような目で声を上げた。

「悠人さん、どういうことですか？」

「ユート、どういうこと？」

雪のように白い肌をした少女が詰め寄る。日野叶葉、悠人の恋人である。

「私を好きだと言いましたよね。付き合おうと言ってくれましたよね」

叶葉の目には涙が浮かんでいる。その様子を見て、悠人は罪悪感に押し潰されそうになった。

悠人と日野叶葉はつい数週間前に付き合い始めたばかりだった。告白がうまくいった日、嬉しさのあまり家で雄叫びを上げた。

ガラにもなく幸せにすると誓ったのに、まさかこんな日を迎えることになるとは思っていなかった。

「嘘だったんですか？　私のことは好きではなかったんですか？」

「嘘じゃない、僕は本気で君を——」

そこまで言ったところで、もう一人の女の子——鮮やかな緋色の髪をした少女が一歩前に出る。名はアイヴィス・リベルガスケット。彼女の青い瞳には、戸惑いと怒りが滾っている。

「ユート、あなた、恋人がいたの？」

一つ一つの言葉を区切るように、低い声でアイヴィスが問う。悠人の背筋がさっと冷たくなった。

アイヴィス・リベルガスケットは地球人ではない。銀河の皇女にして、蹂躙と破壊の体現者である。彼女の機嫌を損ねれば、蝿を潰すように地球は吹き飛ばされるだろう。

「アイヴィス・リベルガスケットに取り入り、地球の滅亡を防ぐこと」。それが、世界各国の首脳から悠人に与えられた責務だった。

地球の運命を握る宇宙の王でありながら、今のアイヴィスは恋する少女でもあった。アイヴィスの悲痛な声は続く。

「彼女がいるのに、私にあんなことまでしたの？」

「違うんだ、それは——」

か」

「待ってください」

叶葉が声を上げる。氷点下の声音で、悠人は心底から震え上がった。

「あんなこと、というのはなんですか。アイヴィスさん、あなたは悠人さんに何をしたんですか」

「私、ユートのこと信じてたんだよ。私のことを好きって言ってくれて嬉しかったんだよ。ユートにだったら、何もかもあげていいと思ってたのに」

アイヴィスの言葉に、悠人の顔が引きつる。恐る恐る横目で叶葉を見ると、叶葉は見たこともないくらいに青い顔をしていた。ふらりと倒れそうになり、机の上に手をつく。叶葉は震える声で言った。

「ゆ、悠人さん……？」

「違うんだ、話を聞いてくれ」

状況は加速度的にややこしくなっていく。叶葉とアイヴィスが悠人に迫る。

「好きだと言ってくれたのは、嘘だったんですか？」

「私を騙してたの？」

悠人は答えられなかった。叶葉とアイヴィスの剣幕に押され、ただ壁に背を預けて荒い呼吸を繰り返すことしかできなかった。

「悠人さん、答えてください！」

「ユート、答えて！」

（ああ……――）

現実から逃れるように、悠人は古ぼけた天井を見上げる。

どうしてこんなことになった？

どうすれば良かった？

悩んでも答えは出ない。それはそうだ。今日まで散々苦悩し、足掻いた結末が、今の状況なのだから。

脳裏によぎるのは、かつての光景。

悠人に世界の命運が託された、あの日の思い出だった。

Nova 1. 初めまして、地球人

アイヴィス・リベルガスケットは椅子の上でゆっくりと足を組み、緋色の長髪を無造作にかき上げた。搭乗してきた宇宙船の中には母星のリベルガスケット星から持ってきた植物や彫刻が置かれている。

「地球、思ったより遠かったな」

漏らした独り言が、広い空間に静かに響いた。

周囲にはアイヴィスの臣下が立ち並んでいる。ざっと数十名というところだ。横に立つ臣下がそっと耳打ちしてきた。

「日本国のトップも連れてきました。これで全員です」

「ん。分かった」

アイヴィスが頷くと同時に部屋の扉が大きく開かれた。臣下たちが両腕を摑んで引きずってきたのは、地球の中の日本という国を統べる男らしい。内閣総理大臣、だったか。

日本だけではない。アイヴィスは部下たちに命じ、各国のリーダーを拉致してくるように指示していた。当初は宇宙船を適当な場所に着陸させてこちらから出向く案もあったが、それよりこっちの方が面倒もない。

連れてこられた生き物たち——人間は青い顔をして周囲を見回している。ある程度事情は説明されているはずだが、まだ理解が追いついていない者も多いようだ。頭悪いんだ、これだから田舎者は、とアイヴィスはため息をつく。

なにせこの星の連中ときたら、まだ最強の武器は核兵器、エネルギーの主体は電力という連中だ。銀河系同士の星間戦争に身を投じて長いアイヴィスから見れば、この星の住人は原始人に等しい。

「初めまして。地球の皆さん」

アイヴィスは立ち呆けたままの彼らに声をかけた。首元に着けた自動翻訳機はアイヴィスの言葉を地球語に変えてくれる。アイヴィスが呼びかけると、地球人たちの目が一斉にこちらへ向いた。意思疎通は問題なくできそうだ。

アイヴィスは滔々と続けた。

「私はアイヴィス。リベルガスケット星軍の長よ。出身はリベルガスケット星。あなた達から見れば、宇宙人、ということになるかな」

「ふざけるな。そんな話を誰が――」

地球人の一人、大柄な男が声を上げた。アイヴィスはおもむろに立ち上がり、とんと床を蹴る。次の瞬間、アイヴィスは音もなく男の目の前に立っていた。すっとアイヴィスの白い指先が動き、

「喋ることは許可してない」

地球人の男の喉元に手をやり、その首に指を食い込ませた。男は動物のような唸り声を上げる。首元を掻きむしり、泡を吹いて喘鳴を繰り返す。

アイヴィスはぐいと男の体を持ち上げた。大人と子供ほども体格が違うというのに、いとも簡単に男の体が宙に浮く。バタバタと男の足が宙をかいた。

アイヴィスが手をふいと払うと、戒めが解けたように男はその場に崩れ落ちた。咳き込み、必死の形相で呼吸を繰り返す。

「次に勝手に喋ったら、殺すから」

地球人たちが悲鳴を上げる。涙を流している者もいた。アイヴィスは抑揚のない声で続けた。

「私の指示に従って」

床に転がって必死に酸素を取り込んでいる男を足蹴にしてどかし、アイヴィスは再び席に着

いた。

「話を戻すね。私は宇宙人で、この地球に用事があって来たの。もともと、地球は銀河の中では外れに位置していて、私たちからすれば田舎中の田舎。放っておいても良いと思っていた」

だけど、とアイヴィスは続ける。

「この近くの銀河系で星間戦争が激化している。この地球を拠点に他星の侵略を試みる者が出てくることが予想された。なので、先手を打って我々がやってきたということね」

アイヴィスはすっと二本の指を伸ばした。

「選択肢は二つ。我がリベルガスケット星軍が地球を傘下に置き、戦いの拠点とするか――」

指を曲げる。アイヴィスは小さく笑った。

「他の星に取られる前に、この星を吹き飛ばしてしまうか、よ」

人間たちはしんと静まりかえっている。かなり嚙み砕いて説明したはずなのに、理解が乏しい様子だ。アイヴィスはちょっと不機嫌になった。

「ええと……吹き飛ばす、というのは、どういうことでしょう」

人間たちのうちの一人、金色の髪をした男が声を上げる。

「言葉通りよ。この宇宙船には荷電粒子砲を搭載しているから、それをこの星に向けて撃つ」

「そうすると、どうなるんでしょうか」

「星自体が粉砕されるから、必然的にあなたたちは死ぬ」

「それは……困りますな」

なかなか話が早い。この男は割と物分かりが良さそうだ。

「私としてはどっちでもいいの。私たちの役に立つなら使ってやってもいいし、逆に他の星軍に利用されるくらいならさっさと壊しておきたい」

「……どうすれば良いのですかな。何か、要求があるのですか」

「ううん？　別に」

アイヴィスはすっと目を細めた。

「さっさと星ごと吹き飛ばす方が楽だけどね。たまには仕事を休んで観光したくなっただけ」

地球人たちは目をぱちくりさせている。アイヴィスは薄桃色の唇を柔らかく動かす。

「大体５-２３-４セネンツ……えっと、この星の時間に直すと一週間くらいかな。地球の中を見て回ろうと思ってる。もし私を楽しませられたら、この星の存続を許してもいい」

アイヴィスがそう言っても、地球人たちは怒ったり疑問を呈したりする者はいなかった。さすがにこの段階になると、アイヴィスとの立場の差を理解したらしい。

「場所は……そうだ、日本がいいな」

アイヴィスがそう言うと、この部屋に一番最後に連れてこられた男がびくりと肩を震わせた。

そういえば彼が日本のリーダーだったはずだ。

彼はごくりと唾を飲んだあと、引きつった顔で揉み手をした。

「それは光栄な話ですな。何か理由がおありで？」

「前に友達が、地球の観光なら日本がいいって言ってたからね」

アイヴィスの友人には星外旅行を趣味にしている者も多く、中には地球に来た経験があると言っている子もいた。

「なるほど。我が国は四季の移ろいが美しく、和服やサムライなど独特の文化があり、食事も美味しいですからな」

「ううん。警察が無能で現地人もお互いに無関心だって聞いたからね。間違えて通りすがりの人間を殺しちゃっても、騒ぎになりにくいんじゃないかなって」

「…………」

アイヴィスは立ち上がり、居並ぶ各国の首脳を見回した。

「そういうわけで、今日から地球の観光に行くから。もしつまらなかったら、その時は――」

アイヴィスは指を鳴らした。

「地球のこと、パーンてしちゃうから」

アイヴィスの言葉を聞いて、地球人たちは互いを青い顔で見合わせた。

アイヴィスが地球へ滞在を始めて、数日が経った。

某ホテルの最上階。ミシュラン三つ星の高級レストランを丸々店舗ごと貸し切った中で、シ

エフが腕を振るったフルコースを前にアイヴィスは、

「まずい」

そう言ってフォークを放り投げた。

「なんでこんな生焼けの肉の塊を食べなきゃいけないの？　私はもっとシンプルで洗練された食べ物が好きなの」

広々とした部屋の片隅には、地球人の男たちが数人控えている。一番年嵩のいった男が、胡散臭い半笑いを浮かべてこちらへ寄ってきた。

「大変失礼しました。それでは別の料理を」

「要らない。捨てといて」

アイヴィスはおもむろに立ち上がり、つかつかと歩き出した。慌てた様子で人間が話しかけてくる。

「どちらへ？」

「観光」

「それは良いお考えですな。何に興味がお有りですか。歌舞伎や遊園地、自然豊かな避暑地、ぜひご案内させていただきますよ」

「いい。テキトーにその辺プラプラするから」

アイヴィスは母星であるリベルガスケット星から数名、従者を引き連れてきている。そのうちの一人がアイヴィスに耳打ちした。

「アイヴィス様。街中に出るのなら、お召し物を着替えねば」

「あ、そっか」

アイヴィスはリベルガスケット星の正装であるドレスを身につけているが、この格好では動き辛いし注目を集める。地球人の若者らしい格好をしなくてはいけない。

従者はアイヴィスの着替えも用意していた。アイヴィスは頷き、おもむろにドレスの留め具に指をかけた。パチン、と音がするとともに、ドレスがすとんと足元に脱げて落ちる。地球人の男が慌てた口ぶりで言った。

「ア、アイヴィス様？　着替えならお手洗いがあちらに」

「いーよ別に」

アイヴィスは真新しい服に袖を通しながら——生地が硬くて異様に着心地が悪いが仕方ない——なんでもないことのように言った。

「あなたたちに裸を見られても、どうってことないし。あなたたちだって虫に着替えを見られても、別に構わないでしょ」

恥じらいだのなんだのは、あくまで同レベルの存在同士で発生する感情である。辺境の惑星でうごめく原始的生命体に、羞恥心を覚えろという方が無理な話だ。

虫扱いされた地球人たちは一様に苦虫を嚙み潰したような顔をしていたが、結局何も言わなかった。

地球人の若い女に似せて、ジーンズにシャツという格好へ着替えた。ホテルのロビーを通って街中に出る。日光の眩しさに、ほんの少し目を細めたあと、アイヴィスは歩き出した。

＊＊＊

私立白鷺高校。一学年二百人程度の共学高校で、この地域ではまあまあの進学校だ。

二年Ｃ組の教室で、進藤悠人は上機嫌にスマホを眺めていた。

「それじゃ……また……放課後に……っと。……へへへ……」

近くの席に座る女子が胡散臭そうな視線を向けているのも意に介さず、悠人はニンマリと笑みを浮かべながらスマホの操作を続ける。彼が開いているのはラインのトーク画面で、相手は同級生の女の子だった。「日野叶葉」と名前が表示されている。

「なにニヤニヤしてんだよ悠人。エロサイトか？」

同級生の男が突然肩を組んでくる。悠人は「なんだよ」とそっけない声を出した。

「僕は人前でそんなものは見ない。お前みたいな性欲の権化とは違うんだ、一本木」

一本木と呼ばれた少年は肩をすくめた。

一本木進。容姿の整った少年である。嫌味でない程度に伸ばされた前髪は緩くウェーブを描いていて、大きな瞳は吸い込まれそうな深みがある。一本木進と一緒に街を歩いていると、時々見も知りもしない他校の女生徒から声をかけられることもあるほどだ。「逆ナンって本当にあるんだなあ」とその度に悠人は感心している。

もっとも、もし悠人が女子だったら、絶対にこの男とは仲良くなりたくない。なにせ、

「一本木。お前また彼女が替わっただろ。この前の日曜日、知らない女の子と歩いてるの見たぞ」

「ん？　あー、あの時はデートのハシゴだったからなあ……隣のクラスの遠藤と午前中カラオケ行って、ランチはバイト先の女子大生の瑞樹さんと食って、ディナーは同じマンションの人妻のカオリさんに奢ってもらったって感じよ」

「危ない橋渡ってるな……」

「俺は来る者拒まずのスタイルだからさ」

聞いての通りの極悪人である。悠人は首を横に振った。

「理解できないな。そんな風に相手を取っ替え引っ替えして、何が楽しいんだ？」

「俺とデートして舞い上がってる女の子を見たり、他に相手がいると知って妬いてる女の子を見たり、あの手この手で俺が他の女と会わないように妨害してくる女の子を見るのが楽しい」

「お前、本当にいつか刺されるぞ」

悠人とは完全に別人種である。その割に入学以来仲良くやっているのは、なんだか不思議な

話だった。

それより、と一本木は悠人を小突いた。

「質問に答えろよ。何見てたんだ？」

「あ、やめろ、見るな、スマホ返せよ」

「そんなに見せたそうな顔しといて何言ってやがる。どれどれ……ああ、またかよ」

一本木はうんざりしたような顔をした。

「付き合ってどれくらいだっけ？　一ヶ月？」

「やめろよー。僕がこの学校で一番の美人と評判でしかも女子バスケ部部長で茶道の達人で性格もおしとやかで優しい、理想の女性であるところの日野叶葉さんと付き合っている話はやめろよー」

「うるせえ」

一本木はシッシッと手を払う。一方の悠人はどうにもニヤケ面を抑えることができなかった。

そう、彼女。これまでは遠い世界の話だと思っていた出来事だった。クラスのパリピ系男子が「最近彼女がさ〜」なんて話をしてるのを遠巻きに眺めるだけだった悠人に、ついに恋人ができたのがつい先日の話である。

悠人のお相手は日野叶葉という女性だ。悠人の同級生で、入学当初から美人と評判になっていた。それだけでなく、入学式で新入生の総代を務めており、その後も成績は学年一位をキープしている。それだけの才媛でありながら傲慢さを感じさせず、性格も良い。

「つり合ってねえよなあ。どうやって落としたんだ？」

「去年の委員会で仲良くなって、連絡先交換して、デートに何回か誘って、告白したらオッケーをもらえた」

「カーッ。日野はコレの何がいいんだろうな」

「言いふらすなよ、頼むから」

悠人は周囲をちらりと見回した。叶葉と付き合っていることは一応まだ周囲には内緒にしている。幸い近くで聞き耳を立てている者はいなさそうだった。

「日野はなんつーか、別次元だよな。たまーに会った瞬間に『あ、この子には手ェ出せんわ』って分かる子いるけど、日野もその類だね」

「当たり前だ。手を出そうとしたら僕がお前を刺す」

一本木は肩をすくめたあと、悠人の耳に口を寄せた。

「お前、日野が人生初彼女か？」

「そりゃもちろん。できれば、このままずっと一緒にいたい」

「浮気もせずにか？」

「論外だね」

「ウブなこと言ってんなあ……」

一本木が呆れたように息をつく。悠人ははっきりとした口調で言った。

「僕は浮気はしない。叶葉さんだけを好きでいる」

「やめてくれよ、恥ずかしすぎて耳が妊娠しそうだ」

「おい、僕は本気で——」

その後も悠人と一本木のとりとめもない話は続いた。

なんでもない、いつも通りの日常だった。


六限目の世界史の授業は完全に上の空、授業が終わるや否やトイレで前髪を念入りに整える。ろくすっぽ使ったこともないワックスを手に取っては戻すことを何度か繰り返し、なんとか納得のいく前髪に仕上げた。悠人は叶葉とのデートを放課後に控えていた。

（叶葉さんの隣を歩くにふさわしい格好をしなきゃ）

待ち合わせ場所は学校から少し離れた場所に位置する図書館だった。入り口の横で大して分かりもしない参考書を読んでいると——待ち合わせ中に本を読んでいる男は知的な印象を与え好感度が上がる、というネットの記事を参考にしたが、いささか眉唾である——同じ学校の制服を着た女生徒が駆け寄ってきた。

悠人の彼女である日野叶葉だ。

叶葉はわずかに頬を上気させ、申し訳なさそうに目を伏せた。

「ごめんなさい。待ちましたか」

「いや全然。僕も今来たところだよ」

嘘だ。一時間待っている。

もっとも、これは別に叶葉が遅刻したわけではなく、悠人の気が急ぎすぎて待ち合わせ場所に早々と着いてしまっただけだ。

（いやあ……可愛いなあ……）

悠人は内心でしみじみと呟いた。容姿が整っているというのは今更言うまでもないが、叶葉の顔は美しいだけでなく品がある。長い睫毛は大きな瞳に控えめに華を添えていて、白い肌は水晶のように透明だ。

一本木の言ではないが、自分のような男が彼女と付き合えたのは奇跡だろう。なんだか無粋な気がして訊けていないが、一体何が決め手だったのだろうか。

なんてことを考えながらまじまじと叶葉の顔を眺めていると、

「あの、悠人さん。あまり見られると、その、恥ずかしいのですが……」

「あ、ごめん！　悪気はないんだ！」

悠人は慌てて手を振った。

（いかんいかんいかん、何をボーッとしてるんだ、僕がリードしないと……！）

住宅街の中に位置する小さな図書館の中は、悠人たちの他にはほとんど人がいなかった。古びた本棚の隙間に控えめに置かれた長テーブルを前に、二人並んで参考書を広げる。近々行われる数学の小テストに向けて勉強をしようという話だったが、正直に言って悠人は参考書の内容がほとんど頭に入ってこなかった。というのも、

(うわあ……めっちゃ横顔整ってる……それになんかいい匂いする……)

隣の叶葉のことが気になって仕方がなかったからだ。悠人は小一時間、叶葉の鼻筋を眺めたりそわそわと貧乏ゆすりしたりして過ごした。

勉強を終えて外に出ると、すでに日は落ちかけて夕焼けの光が街に差していた。「集中できましたか」と叶葉に言われたので、悠人は「うん、随分頭が良くなった気がするよ」と相槌を打った。もちろん彼は参考書の内容なんてろくに覚えていない。

二人で並んで駅に向かう。雑踏の喧騒の中で、悠人と叶葉の間にだけ沈黙が降りている。何か気の利いたことの一つも言わねばと悠人は焦った。苦し紛れに「サバンナモンキーの睾丸は青いって知ってる?」と言おうとしたが、それに先んじて叶葉が口を開く。

「あの、悠人さん」

「サバンナモンキーの睾丸は……あ、うん。どうしたの?」

「今日、ありがとうございました」

悠人は叶葉の顔を覗き込んだ。叶葉はわずかに顔を赤くしてこちらの顔を見上げている。

「楽しかったです。悠人さんはどうでしたか」

「あ……僕も、もちろん。楽しかったよ」

「良かったです」

ほっとしたように叶葉は笑った。可愛すぎて死にそうだった。

「また一緒に行ってくれますか」

叶葉の質問に、悠人は力強く答えた。

「もちろんさ。彼氏だからね」

悠人の言葉を聞いて、叶葉は目をぱちくりさせたあと、恥ずかしそうに目を伏せた。

その後、駅までとりとめもない会話を何度か交わした。悠人の家はこの近くだが、叶葉は電車で帰るようだ。改札口へと歩く彼女へ何度も手を振って別れたあとも、悠人の興奮は冷めなかった。緩んだ顔をなんとか頑張って引き締めながら、浮き足立って歩いた。

(こんなもんか)
日本の人混みはすごいと聞いていたが、これほどとは。繁華街の中は足の置き場もないくらいだった。
火のように赤い髪や整った目鼻立ちは明らかに人目を集めていて、通りすがりの人間たちは何度も振り返ってはアイヴィスに熱っぽい視線を送ってくる。

（つまんないな）

結局、アイヴィスが面白いと感じるようなものは見つけられないままだった。だが仕方のないことではある。どだい、アイヴィスの暮らしていた環境と地球とでは文明のレベルが違いすぎる。この星の人間だって、動物園の猿を何日も眺めていれば興味が失せるだろう。

（やっぱり帰ろ、忙しいし）

リベルガスケット星軍は軍団長であるアイヴィスがいなくとも十分に機能する組織編成にはなっている。とはいえ、自分が陣頭指揮を取る方が何かと仕事は早い。

（明日、地球は滅ぼそう）

特に迷うことなくそう決めて、アイヴィスは歩みを早める。

繁華街にはうじゃうじゃと人間が歩いている。若者、それも男女のペアが多い。

実は地球の恋愛様式というのは宇宙全体で見ると非常に珍しい。恋人や結婚の社会通念に代表されるように、人間は特定のパートナーを決めたら他の相手とは交わらないらしい（例外はあるようだが）。

宇宙全体で俯瞰すると、いわゆる乱婚――特定のパートナーを持たず様々な異性と交尾を行うか、あるいは強い個体が異性を独占するパターンが大半である。異性から見て魅力的でない個体は一生孤独でいるか、せいぜい「売れ残り」同士でつるむ程度だ。多様性を最低限担保できる範囲で、自然淘汰圧をかけるということだ。そちらの方が生存競争という観点から明らかにメリットがある。

アイヴィスの前をカップルが通り過ぎる。お互いの頬を突っつき合っていて、見ていて胸焼けするほどに仲が良い。

人間は何が楽しくて、恋愛や結婚をするのだろう。自分を縛りつけるだけの制度に、どうしてここまでこだわるのだろう。

（ま、いっか）

人間が昆虫の気持ちを理解できないように、アイヴィスにも地球人の考え方はよく分からない。どうせ明日に滅ぶ種族だ、考えるだけ無駄だ。

夕暮れの街を歩く。横断歩道を渡ろうとすると、数多くの人間たちがうじゃうじゃ周りを歩いていて動きづらい。アイヴィスは足を速めた。だが、

「――――」

アイヴィスの足が止まる。

その少年は何か特別なことをしていたわけではない。嬉しいことでもあったのだろう、眉尻を下げて、ほんの少し口元を緩めて、ただ歩いていた。

数多くの人間とすれ違った中で、どうして彼に目が留まったのか、自分でもよく分からない。雲霞のように好き勝手に歩いている人間の群れの中で、彼だけが特別だった。灰色の人影がひ

しめく人の海の中で、たった一人だけが浮かび上がる。

先ほどまでの喧騒が遠ざかって消えていく。音が消える。静かな世界に、アイヴィスと彼だけが佇んでいる。

「……あ」

息を呑む。胸が高鳴って、熱を持つ。

（なに？　え？　何これ？）

戸惑いが胸を満たす。敵対星軍の旅団の中に取り残された時も、母の後継としてリベルガスケット星軍の長になった時も、こんな感覚はなかった。

気付けば駆け出していた。すでに点滅が始まっていた信号を無視して、横断歩道を駆け戻る。なんだなんだと周りの人が見てくるが、気にするゆとりもない。人混みの中に紛れていく彼の姿を見失うまいと、足を動かす。

「ねえ、君！」

声を投げる。少年だけではない、周囲の人間が一斉に振り向いた。でも構わない。彼とどうしても話したい。

「え……僕ですか」

彼が首を傾げる。その声が、その仕草が、その一挙一動が、どうしようもなく胸の内をかき乱す。

太陽が沈む時間帯で良かった。みっともなく真っ赤になった自分の顔を、この少年には見られたくない。

自分でもどうすればいいのか分からないまま、しかし、体が自然と動いていた。

「——名前」

「え？」

「あなたの、名前」

「……進藤、悠人ですけど」

「そう。ユート、って言うのね」

アイヴィスは一歩前に踏み出した。そしてそのまま、

「んっ」

そっと唇を合わせた。

「——!?」

少年が目を白黒させている。その動転した様子すら愛らしいと思った。

唇を離すと、橋を架けるように唾液の糸が引いた。アイヴィスは少年の目をのぞき込む。

「ユート。……私と結婚しよう」

少年が目を瞬かせる。周囲の人間たちが顔を見合わせ、何事か囁き合っている。

これは、進藤悠人が世界の命運を背負って二股をかける物語であり。
同時に、銀河の皇女アイヴィス・リベルガスケットの、初めての恋の話である。

Nova 2. 不思議な転校生ですね

どうやって家に帰ったのか、よく覚えていない。気がついたらマンションの自室のドアを後ろ手に閉め、荒い息をついていた。

「なっ……んだ、あれ……!?」

動転しすぎて頭が回らない。先ほどの光景が何度も頭の中でぐるぐる回る。

渋谷の雑踏。行き交う人々。集まる視線。そして、

（————キス、だよな。あれ）

悠人の唇に押し当てられた、柔らかい感触。

「オワワワワ……!」

頭がくらくらする。茹だった頭で、ひょっとしてあれが僕のファーストキスだったりするのか、とぼんやり考えた。

ふやけたワカメのようにその場にへたり込む。何が起きたのか分からない。なんで初対面の人間にあんなことをされなくてはいけないのか、いくら頭をひねっても答えは出ない。

唇に手を当てる。まだ彼女の熱が残っているような気がした。

（……誰だ、あの子）

海のように透き通った、青い瞳を思い出す。思わず見入ってしまうほど綺麗だった。彼女の顔を脳裏に思い浮かべたあと、

「いやいやいやいやいやいや」

悠人はブンブンと頭を振った。あの青い目の女の子に、ほんの少しだけ見惚れてしまった自分を恥じた。

（僕には叶葉さんがいる）

頬を叩いて体に活を入れ、立ち上がる。夕飯の準備をしようと、悠人は鞄を置いて台所へ向かった。レトルトのカレーとご飯を電子レンジへ無造作に突っ込む。

悠人の家庭は少々特殊で、両親が数年前から海外赴任している都合上、3LDKの部屋に悠人だけで住んでいる。中学生で一人暮らしをするのは当初不安も多かったが、今となっては口うるさいことを言う同居人がいない生活を大いにエンジョイしていた。

（なんのつもりだったのか知らないけど……忘れよう）

そもそも、初対面の人間に「結婚しよう」なんて声をかけてキスする時点でまともな人間ではない。案外詐欺に引っかかりそうになっただけかもしれない。結婚詐欺というものを耳に挟んだことがある。きっとそうだ。やれやれ危なかった、明日一本木に会ったら笑い話にすると

しよう――。

（あんなキスは事故でしかないでしょ。ノーカンノーカン）

そんなことを考えながら皿にご飯とカレーを盛ってリビングに向かうと、

「あ、ユート。お帰り」

先客が椅子に座って頬杖をついていた。

「……は？」

間の抜けた音が口から漏れる。

にこやかな笑みを浮かべて、ひらひらと手を振っているのは先ほど会った女の子だった。太陽のように真っ赤な髪が揺れ、空色の瞳が蛍光灯に照らされて爛々としている。彼女は手足を伸ばして、ひょいと椅子から立ち上がった。猫のようなしなやかさだった。

「え？　ここ僕の家、え？」

目の前の現実を理解できず、悠人は女性の顔と手元のカレーを見比べる。

「窓開いてたから」

なんでもないことのように女性はベランダに通じる窓を指差したが、悠人の家はマンションの十階である。

困惑のあまり固まる悠人の前で、招かれざる来訪者は平然と続けた。

「ねえユート、この家狭くない？　私が寝る場所がないよ」

「……なんであなたの寝る場所がうちに必要なんですか」

「ん？　だってここに住むし」

「……なぜ？」

「地球人は結婚しても別居するの？　私の星では同じ家に住むよ」

頭痛がしてきた。とりあえず警察を呼ぶかとスマホを手にする悠人の前で、女性が「あ」と手を叩いた。

「そうだ、大事なこと言い忘れてた」

女性が立ち上がる。緋色の髪が流れて揺れる。

「私はアイヴィス・リベルガスケット。よろしく、ユート」

アイヴィスはきゅっと悠人の手を握った。柔らかくて温かい感触に思わず悠人の心臓が跳ねるが、彼の脳裏に去来したのは叶葉の顔だった。悠人は慌てて振り払う。

「な……なんなんですか、あなた。いきなり押しかけてきて」

「あ、そっか。言ってなかったっけ」

アイヴィスは白い歯をわずかに見せて笑った。

「私は宇宙人だよ。地球人から見れば、だけどね」

宇宙人、と繰り返したあと、悠人はへらっと半笑いを浮かべた。

（やばい人だこれ）

初対面の男の家に押しかけた挙句、自分は宇宙人と言い出す女。

誰が見ても立派な不審者である。

悠人はアイヴィスを刺激しないよう、極力ゆっくりとした動きで後ずさった。アイヴィスが首を傾げる。

「あれ？　ユート、どこか行くの？」

「コンビニに行ってくるよ」

「コンビニ？」

「後で教えてあげるよ。ちょっと待っててね、飲み物買ってくるから」

ユート優しい、と目をハートマークにしているアイヴィスを家に残して、悠人は部屋を出た。

悠人の住むマンションは直方体の建物で真ん中に大きな吹き抜けがあり、下を覗き込むと一階のエレベーターホールが遠目に確認できる。周囲を見回したあとスマホを取り出し、

「あ、警察ですか。実は家に不審者が……」

通報を試みた。だがおもむろに背後から声がかかる。

「ケーサツって何？」

「ホァッ!?」

思わず奇声を上げる。ガチガチに固まった体で後ろを見ると、息がかかりそうな近さにアイヴィスが立っていた。アイヴィスは小首を傾げ、

「どしたのユート、顔が青いけど」

「いや、別に……」

手にしたスマホからは「もしもし？　もしもーし」という声が聞こえてくる。だがアイヴィスが目の前にいる状態で彼女を通報することも難しく、悠人はそっと通話を終了した。「それより、何か用？」と悠人は話題を逸らしにかかる。アイヴィスはにかりと笑い、

「やっぱり私も一緒に行きたいなって」

悠人は心中で頭を抱えた。こんな不審人物と飲み物の買い出しに行くなんて冗談じゃない、なんとかして距離を取らなくては。いかにして相手を刺激せずに距離を置くか思案する悠人。

だが次の瞬間、信じられないことが起きた。

「じゃ、私先に行ってるね」

こともなげにそう言ったあと、アイヴィスはひょい、とマンションの吹き抜けに通じる柵を一っ飛びに乗り越えた。悠人の部屋はマンションの十階、地上までは何十メートルという高さがある。

「――――は？」

思考が止まる。反射的に体が動き、アイヴィスを捕まえようと手を伸ばす。だが重力に引かれるままに、アイヴィスは地上へと落ちていく。

「う、嘘だろ!?」

悠人は柵へ走り寄り、慌てて下を覗き込んだ。この高さから落ちて無事で済むわけがない、即死の可能性すらある。だが悠人の目に飛び込んできたのは、

「ユートー！　早くおいでよー！」

すたん、と猫のように着地したあと、一階から呑気に手を振るアイヴィスの姿だった。酸欠になった鯉のように、悠人は言葉を失って口をパクパクさせる。

（な……だって、今、飛び降り……!?）

わけが分からなかった。混乱する頭のまま、悠人はアイヴィスを追って階段を駆け降りる。

マンションのエントランスを出る。アイヴィスの姿を探し、周囲を見回す悠人。と、

「ウッ！」

やにわに周囲が騒がしくなった。悠人はぎょっとして肩を震わせた。

悠人の住むマンションはエントランス近くに小さな広場があり、時々子供たちが遊んだりベンチに座って老夫婦が話したりしている。

その空間に、数十台という黒塗りの車が押しかけていた。車は悠人とアイヴィスを取り囲み、静かに停車した。車の扉が開き、スーツ姿の男たちが次々に出てくる。その中の一人、壮年の小柄な男性に、悠人は既視感を覚えた。

「あー。君が、進藤悠人くんか」

低く、重々しい声だった。悠人はごくりと唾を飲み込んだ。

「だ、誰ですか。あなた」

「こりゃ失礼。最近名前を名乗ることも少ないからな、忘れてた」

男性はゴソゴソとスーツの中をまさぐり、クシャクシャになった名刺を取り出した。

「内閣総理大臣をやらしてもらってるもんだ。テレビは見るかい？」

悠人は目の前がくらくらした。自称宇宙人が出てきたと思ったら、今度は自称内閣総理大臣か。冗談も大概にして欲しい。

そう思った一方で、確かに時折ニュースで見かける内閣総理大臣の顔は、目の前の男と一致しているのも確かだった。

理解が追いつかない。無数の疑問符だけが頭に浮かぶ。困惑する悠人を見て、内閣総理大臣（？）の男が重々しく肯く。

「気持ちは分かる。俺たちにとっても、このお嬢ちゃんが来たことは青天の霹靂だった。この二日間は忙しすぎて死ぬかと思ったぜ」

男は深々とため息をついた。

「このお嬢ちゃんが何者か、もう聞いたかい」

熱っぽい視線で悠人を見つめるアイヴィスにちらりと目をやったあと、男はそう尋ねた。悠人はたっぷり時間をかけたあと、

「……自分は宇宙人だって言ってますけど」

「そういうことだ。信じられないだろうが、信じてくれ。ここが共有できないと話にならん」

そう言われても、と悠人は渋い顔をする。「私は宇宙人です」と言われたからって、どこのアホがそれを真に受けるというのだ。だが悠人に構わず男は続けた。

「なんでも地球に観光しに来たらしくてな。面白くなかったら地球を吹っ飛ばすと言っている。タチの悪いことに、それだけの科学力は十分に持っている連中だ」

地球を吹っ飛ばす、と悠人はバカのようにおうむ返しをした。

「なんとかして機嫌を取ろうと世界中が四苦八苦したんだが、どうにもこれがうまくいかない。いよいよ地球も終わりかと思ってな、俺も最後に超高級風俗でも行こうと有給取ろうか悩んでたんだけどよ」

だが、と男が言葉を繋ぐ。

「先ほど連絡が来てよ。日本に気になる男がいる、ぜひとも仲良くなりたい。地球を吹っ飛ばすのはやめだ、もう少し地球に滞在する――なんて言うじゃねえか。奇跡だと思ったね」

この辺りで、悠人は薄々話の全貌に感づき始めていた。

悠人を気に入り、家にまで押しかけてきたアイヴィス。彼女は「私が気に入らなかったら地球を滅ぼす」と言っている。そして、突如悠人の家にやってきた偉い人たち。

ここから導かれる結論は、

「進藤くん。このお嬢ちゃんと恋人になって、地球を滅ぼすのを止めてくれ」

ちょっと待ってくれ、と反射的に悠人は首を振る。そんなことを急に言われても理解が追いつかないし、大体自分には大事な彼女がいる。アイヴィスと付き合えと言われても、それはつまり二股をかけるということになるではないか。許されることではない。

そう文句を言おうとするが、しかし、

「これは日本政府として、いや世界全体からの君への頼みだ。君にしかできないことなんだ」

男は深々と頭を下げた。こんな年上の人に頭を下げられたのは悠人には初めての経験だった。

あちこちに停められた車の扉が開く。金髪碧眼にガタイのいいお兄さんや教科書の中でしか見たことのない黒いスカーフをかぶった女性など、性別も人種も様々な人々が悠人を取り囲む。彼らは一様に悠人にすがるような目を向けている。

「We entrust you with the destiny of the world, Yuto」

英語っぽい言語で何やら訳の分からないことを言ったおじさんは——どうも某ハンバーガーとステーキの国の大統領と同じような顔をしていてニュースでも見たことがある気がするが、いくらなんでも別人だと思いたい——悠人の手をぐっと握りしめた。

悠人を取り囲み、列を成して次々に口を開く人々。自称内閣総理大臣が言った。

「世界各国の要人が、君に一声だけでもかけさせてほしいと集まったんだ」

勘弁してくれと悠人はもはや泣きそうだった。知らない女の子が家に押しかけてきたと思ったら、いろんな国の会ったこともない偉い人たちが自分に頭を下げてくる。悠人の頭が処理できるキャパシティーを遥かに超えた事態だった。

悠人の周りに集まった人たちは口々に、

「I believe you」「我 相 信 你」「Salvar el mundo」「Tu peux le faire」「Lass uns gemeinsam hart arbeiten」「너라면 할 수있어」「Давайте отдадим сакэ заре победы」「दुनिया को बचाओ」「إنّي أثق بك」……。何語を喋っているのかすら分からない人たちが、次々に悠人の手を取っていく。

助けを求めるようにあたりを見回す。だが悠人を取り囲む人はどんどん増えていき、マンションン前はちょっとした集会のようになっていた。

（なんだこれ？　何サミットだこれ？）

「もちろん、支援は惜しまない。デートに際しての交通費や彼女へのプレゼント代、果ては連れ込むホテルの予約まで、全面的にバックアップすることを約束しよう」

自称内閣総理大臣が指を鳴らす。黒スーツの男がトランクケースを開くと、中にはギッチリ現金が詰まっていた。果たしてあれは諭吉さん何人分だろうか、悠人は頭がくらくらした。

「お嬢ちゃんと付き合って、世界を救ってくれ」

悠人はアイヴィスに目を向けた。悠人の視線に気付いて、アイヴィスが小さく頬を染めて手を振る。

「よろしくね、ユート」

彼女の整いすぎた顔を見ながら、悠人は呆然と途方に暮れた。

（……どうすりゃいいんだ、これ）

答えを教えてくれる者は、もちろんいない。

状況を整理する。

前提。悠人と叶葉は恋人同士である。つい最近付き合い始めた。

そこにアイヴィスがやってきた。なんでも彼女は宇宙人、しかもとても立場の高い存在らしい。彼女が気に入らなければ、地球は風の中に置かれた粉砂糖のように吹き飛んでしまう。

アイヴィスはなぜか悠人を気に入り、結婚しろと言っている。悠人にそんな気はサラサラないし叶葉のためにも断りたいが、一方でアイヴィスの機嫌を損ねたら「地球がパーン」してしまうようだ。

では叶葉を振ってアイヴィスに乗り換えるか。論外だ。悠人が好きなのは叶葉なのだ、その子を袖にして別の女性に相手を代えるなど言語道断である。

結論。

二人同時に付き合うしかない。

（これって二股じゃないのか……⁉）

朝食のトーストを頬張りながら、悠人は頭を抱えた。

元来彼は恋愛に対して糞真面目である。いい加減な気持ちで告白することを許さず、付き合う前から結婚のことを考えているタイプだ。浮気や二股などという行為は、進藤悠人にとってもっとも軽蔑するものだった。

だいたい世の中の浮気人間たちは「一時の気の迷いで」とか「寂しかった」とか色々言い訳をするが、どだい新しい相手に手を出すなら今の恋人とは別れるのがせめてもの誠意だろう。今の恋人とは別れたくない、けれど新しい相手とも遊んでみたい、なんて自分勝手な欲望がなければ浮気なんてしないはずなのに、とにかく見苦しい言い訳ばかりする。

と思っていたのだが。よりによってその自分が、こんな状況になるとは。

「あああああ……どうすりゃいいんだ……」

「地球のご飯って独特なんだね。なんていうか、野生的？」

悠人の悩みの原因にして諸悪の根源——宇宙人アイヴィスが小首を傾げる。彼女は台所から持ってきた食パンをもそもそと咀嚼している。ちなみに悠人は食べていいなんて一言も言っていない。

昨夜はなんとか悠人の家に泊まることは阻止したものの、早朝のベランダでガンガンと窓ガラスを叩いているアイヴィスを前に悠人は彼女を家に入れざるを得ず、こうして一緒に食卓を囲んでいる。

「どしたのユート、この世の終わりみたいな顔して」

「いや……別に……」

銀河の皇女だの地球を滅ぼすかもしれないだの色々聞いたが、こうしている分には無害な少女にしか思えない。あるいはひょっとしたら、と悠人の中で小さな期待が生まれる。

（案外、正直に言ったら理解してくれるんじゃないか？　そうだ、変に隠そうとするからこじれるんだ。僕には彼女がいるから君とは付き合えないよって、ちゃんと伝えよう）

「あのさ、アイヴィスさん。僕は——」

「ねね、ユートってこれまで女の子と付き合ったことってないの？」

唐突なアイヴィスの質問。悠人は首を傾げ、

「……それがどうしたの」

「え？　だって、もし元カノがいるなら、その子たちをこの世から抹殺しないといけないじゃない」

悠人の背中を冷や汗がダラダラ流れる。アイヴィスはあっけらかんとした口調で、

「女王はお父さんの元カノは全員星外追放したよ。そういうものじゃないの？」

（リベルガスケット星、治安が悪すぎる）

悠人はおずおずと尋ねた。

「これは仮の話なんだけど。もし、僕に彼女がいるって言ったら——」

「素粒子レベルまで粉砕するかな」

ダメだ。叶葉のことを伝えようものなら、彼女が素粒子レベルまで粉砕されてしまう。

再び頭を抱える悠人。その時、テーブルの上に置いたスマホが振動する。通知欄に見えるのは『日野叶葉』の名だった。

『おはよう。起きてますか？　駅で待ってます』

悠人と叶葉はどちらも電車通学で、時々待ち合わせて一緒に登校している。まだ周囲のごくごく親しい友人にしか付き合っていることは言っていないので学校近くではイチャイチャし辛いものの、タイミングを合わせては会うようにしていた。

「どこか行くの？　ユート」

席を立った悠人を見て、アイヴィスが不思議そうな顔をする。悠人は制服の上着に袖を通しながら言った。

「学校に行くんだよ。高校生だから」

「そんなの教師を家に来させればいいじゃない。ユートがわざわざ出向く必要ないのに」

なんてナチュラルな王様発言なんだと悠人は呆れた。

「じゃ、明日。明日一緒にどこか行こーよ」

「明日も学校」

「明後日は？」

「明後日も！」

「えー」

不満そうに口を尖らせるアイヴィス。こんなことをしていては遅刻してしまうと悠人は慌てて鞄を手に取る。玄関で靴を履いていると、

「ユート、このサンダル借りていい？」

「……どこか行くの？」

「一緒に行こうと思って」

「留守番してて！」

半ば逃げるように家の外に出る。深々とため息をつき、悠人は肩を落とした。

（本当に……どうすりゃいいんだ……）

朝からどっと疲れてしまった。だが叶葉が駅で待っていることを思い出し、悠人は慌てて小走りになる。

「……ユートの学校、か……」

ちらりと後ろを振り返ると、半開きになった扉からアイヴィスが顔を出しつつ何やら呟いていたが、悠人は気がつかなかったフリをした。

朝の駅前では、サラリーマンや学生たちが忙しなく行き交っている。改札口横に立つ少女の姿を見て、悠人は手を振った。

「叶葉さん！　ごめん、お待たせ」

叶葉は「大丈夫ですよ」と笑った。長いまつ毛が揺れる。その横顔を見ると、悠人はやはり浮気なんて考えられないと思う。こんなに可愛い彼女がいるのに、何が悲しくて好きでもない女の子と二股をかけなくてはいけないのか。

だが一方で昨晩の様子を見ていると、嫌だと言っても受け入れてくれる雰囲気ではなかった。悠人に次々と頭を下げる諸国の偉い人たちの顔を思い出し、悠人は沈鬱な気分になる。

「悠人さん？　どうしましたか」

「いや、なんでもないよ。大丈夫」

顔を覗き込んでくる叶葉。悠人はバツの悪い思いをしながら目を逸らした。

その時、悠人の携帯が音を立てて鳴り始めた。着信画面を見て、悠人は眉をひそめる。

「……父さん？」

父親は会社の都合で海外に赴任中であり、悠人の母も随伴している。それなりに忙しくしているようでここ最近は連絡もなかったが、どういう風の吹き回しだろうか。

「もしもし」

『悠人か⁉』

久しぶりに聞く父親の声はいやに裏返っていて、明らかに動転した様子だった。

「どうしたの、父さん。そんなに泡食って」

『これで落ち着いているのは無理だ。いいか、大事な話がある』

いやに神妙な口調の父。思わず悠人の背筋が伸びる。

『父さんに異動の話が来ている。父さんが今はイギリスにいることは知ってるな？』

「あ、そうだっけ？　アメリカだと思ってた」

『お前親に関心ないな……。とにかくだ。父さんもそれなりに年次が上になってきたから、新天地で自分の部署を立ち上げないかという話になっている』

「良いことじゃん、おめでとう。次の国はフランス？　イタリア？　中国？　父さんの会社ってあっちこっちに支社があるよね」

『いや、セントクリストファー・ネイビス連邦だ』

どこだよ。

『昨日上司がおもむろに話しかけてきてな……。セントクリストファー・ネイビス連邦支社への転勤を打診されたんだ。もっとも、人口数万人の小さな国で、出向するのは父さん一人だけらしいけどな』

それは転勤ではなく、ただの悪質なイジメではないだろうか。

『上司が言うには、「君の息子がやることをやってくれたら、転勤の話はナシにしていい」とのことなんだ。お前、何か聞いてないか？』

悠人の頭を稲妻が走る。脳裏に浮かんだのは、いやらしい半笑いを浮かべる某内閣総理大臣の顔だった。

（脅迫……！）

つまり、悠人がアイヴィスと付き合わなければ父親をセントクリストファー・ネイビス連邦へ左遷するということだろう。やり口の汚さに絶句する悠人。電話口からは慌てた様子の父が一人で声を上げている。

『とにかく、何がなんだか分からんが頼むぞ！　母さんはすっかりイギリスが気に入ってて、今更セントクリストファー・ネイビス連邦に飛ばされるかもなんて言ったらどうなるか』

『……あなた？　さっきからなんの話をしてるのかしら』

『ヒッ！　恵美子！　いつからそこに⁉』

『ちょっとお話があります』

そこで通話は切れた。おそらく海を隔てた先では現在進行形で家族会議が勃発していると思われたが、今の悠人に父親の安否を気に掛ける心の余裕はない。

まさか、と悠人は周囲を見回す。すると、ほんの一瞬駅中のトイレからこちらをじっと見つめる黒い服の男と目が合った。男は何食わぬ顔でトイレに入っていったが、悠人の記憶が正しければあの男は昨夜、総理の側を護衛していたSPの一人だったはずだ。

思わず悠人は膝をつきそうになる。状況を甘く見ていた。これではアイヴィスと付き合う以外に選択肢はない。なにせ悠人の周囲には黒服が張り込んでいて、しかも父の進退までかかっている。悠人がアイヴィスを籠絡しなければ、父親のセントクリストファー・ネイビス連邦への出向が決定してしまう。

「悠人さん？　電車が来てますよ」

叶葉に急かされても、悠人はその場に突っ立ったまま微動だにすることができなかった。

叶葉との登校の最中、悠人は父親の勤務先のことを思うと気が気ではなかった。叶葉には動揺をなんとか悟られずに済んだものの、悠人は教室の自席に座るなり頭を抱える。

（え？　どうするんだコレ？　本当に付き合う感じなのか？　あの子と？　突然押しかけてきた自称宇宙人と？　しかも付き合わなかったら地球が滅びる？）

突然押しかけてきたアイヴィス、世界各国の首脳の顔が順番に思い出され、思わずうめき声を上げる。

できるものなら断りたい。悠人にとって彼女と呼ぶべき女性は日野叶葉ただ一人である。だが、アイヴィスとの交際は地球の存亡に関わると言われてしまっては、首を横に振ることなんてできるわけもない。

（何か……何か手はないか？　早くどうにかしないと）

授業の準備もろくにせず、悠人は悶々と思考に耽った。

始業チャイムと同時に担任の溝端先生（年齢不詳、独身）がツカツカと教室に入ってくる。

黒縁メガネの奥に光る三白眼はいかにも鬼教師という風で、教師がよく持っている伸び縮みする変な棒（正式名称を悠人は知らない）で居眠り中の頭を引っ叩かれた生徒は枚挙にいとまがない。体罰にうるさいこのご時世には色々と問題がありそうな指導法だが、不思議なことに今のところ彼女がPTA的なものとやり合った話は聞こえてこない。

伸び縮みする例の棒で肩をパシパシ叩きながら、

「ホームルームの小テスト前に連絡がある。急だが、このクラスに転校生が来たから紹介するぞ」

ふーん、と大半のクラスメートは興味なさそうな様子だった。一方で悠人の頭の中では急速に嫌な想像が膨らんでいく。

（……まさか……いやでも、さすがにそれは……）

どうか知らない人であってくれと願う悠人。だが教室に足を踏み入れてきた新入生の顔を見て、悠人の願いは儚く散った。

目の覚めるような緋色の髪。すっと通る鼻筋に、完璧な卵形のアーチを描く輪郭。地球人離れした整った容姿。先ほどとは打って変わって前のめりになった同級生たちが一斉に「おお……！」と感嘆のどよめきを漏らす中、悠人だけが「やっぱり」とうめいた。

「アイヴィス・リベルガスケットです。よろしく」

黒板に名前を書き、ハリウッド女優みたいなウィンクをしたのは、地球への招かれざる来訪者にして銀河の皇女、あるいは進藤家への闖入者であるアイヴィスだった。どこから入手したのか、明らかにサイズの合っていない（主に胸元）の制服ボタンを大胆に外し、誰の入れ知恵か小粋に薄桃色のネイルまでしていて、この短時間でいかにも今時のＪＫの装いに変身を遂げていた。

「今日からこのクラスに入ります。もともとは別の国にいて、日本にはまだ慣れません。ぜひ仲良くしてくださいね！」

ひらひらと手を振るアイヴィス。別の国というか別の星でしょと心中で言う悠人。

クラスメートたち、特に男性陣が目の色を変えてソワソワする。悠人の前の席に座って居眠りをしていた一本木も例外ではなく、おもむろに顔を上げたかと思うと瞳を輝かせて身を乗り出し、

「お、すげー可愛いじゃん」

だが、しばらくアイヴィスを眺めたあと、

「あー……でもあの感じは……んー……なるほど」

一本木は興味が失せたように頬杖をついた。

悠人は意外な気持ちがした。正体はさておき、外見だけ見ればアイヴィスはただの美人だ。一本木なんていの一番に興味を示しそうだが。

「あー……悠人よお」

前に座る一本木が、小さな声で囁いてくる。

「あれは……あれだな」

「あれ？」

「手ェ出せんわ。出したらヤバい臭いがする。お前も気を付けろよ」

一本木は再び船を漕ぎ出した。親友の女を見る目の肥えっぷりに悠人は感服した。

担任の溝端はぐるりと教室の中を見回したあと、

「席決めをしなきゃいかんな」

溝端は伸び縮みする例の棒をぴっと悠人に向けた。

「進藤。お前の後ろ空いてるだろ。そこにしよう」

「え？　いや、ちゃんとクラス全体の意見を」

「残念ながら決定事項だ。リベルガスケットの席は進藤悠人の近くにしろと言われているんだ」

「……言われたって、誰にですか」

「さて、小テストを始めるぞー」

悠人の質問に対して豪快な無視を披露した担任は、この話は終わりだとばかりにパンパンと手を叩いた。周囲の生徒が緩慢な動作で筆箱からシャープペンシルを取り出す中、悠人は地蔵にでもなったかのように動かなかった。

「よろしくね、ユート」

すれ違いざま、小さな声でアイヴィスが悠人にささやく。いつの間に持ってきたのか、悠人の後ろにはアイヴィス用の座席がすでに用意されており、アイヴィスは何食わぬ顔でそこに腰掛けた。

ことここに至って、悠人はようやく自分の置かれた状況を理解した。

どうやら、逃げ場はないらしい。

ホームルーム後の休み時間、アイヴィスの周りには早速クラスメートたちが殺到していた。

どうやらアイヴィスは事前に学生生活に際しての「設定」を詰めておいたようで、

「生まれは日本だけど、育ったのはアメリカのワシントンかな。私のパパは外交官なんだけどさ、急な転勤で日本に戻ってくることになったわけ。この学校の校長先生がパパの知り合いで、そのツテで転入させてもらったんだよ」

と何食わぬ顔ですらすらと自己紹介をしている。嘘八百もいいところである。

授業が始まる直前、悠人はアイヴィスに小声で耳打ちした。

「アイヴィス。一つ言っておきたいことがある」

「なあに？　ユート」

悠人に話しかけられただけで、アイヴィスは随分と嬉しそうに笑う。それと同時に、周囲のだろう。

男性陣から憎悪の込もった冷たい視線が悠人に突き刺さったことも言い添えておく必要がある

「僕と君の関係は周りに言いふらすな。ただの知り合いってことにしておくんだ」

「えー？　チューもした婚約者だってアイヴィス自慢したいよ」

アイヴィスが大きな声で言うものだから周囲の視線が一斉に集中した。慌てて悠人は声を潜め、

「いいかい、普通日本の高校生は婚約しないし、学校にバレたら不純異性交遊って言われて退学になるかもしれない」

「その時は私がここの学校の責任者を脅してあげるよ。ユートを退学にしたらお前を学校ごと吹き飛ばしてやるって」

本当にやりかねないのが頭の痛いところである。

「そういう問題じゃないんだ。いいかい、僕たちが学校で生活するために、僕たちの関係は学校関係者には一切内緒だ」

これが悠人の言えるギリギリのラインだった。一番の理由——アイヴィスとの関係を叶葉の耳に入れたくない、ということは、もちろん言えない。

「んー……。まあ、ユートがそう言うなら」

渋々という様子ではあるものの、アイヴィスは小さく頷いた。悠人はひとまず胸を撫で下ろ

す。

次の授業は体育だった。隣のクラスとの合同授業で、悠人が叶葉と同じ授業を受ける数少ない機会である。普段は体操着姿の叶葉を見るのが楽しみで仕方ないのだが、本日に限ってはアイヴィスがいるので気が重い。

体育館の中、男女別に分かれてバスケットボールを行う。準備体操もほどほどに、悠人は体育館の隅っこに陣取ってサボり態勢へと移行する。とてもスポーツに興じる気分ではない。

向かいでは女子たちがきゃいきゃいとバスケットボールに興じている。コートには叶葉の姿もあった。髪を今は後ろで結んでいて、陶磁器のような首元が見えていた。

「シッ！」

華麗なドリブルと見事なスリーポイントシュートを披露し、女子コートのみならず男子側からもどよめきが上がる。やだ僕の彼女めっちゃかっこいい、と悠人はときめいた。

試合終了の笛が鳴る。コート上の生徒が入れ替わる中、叶葉が悠人に近づいてきた。どきりと心臓が脈打ったが、叶葉は悠人から少し離れた場所に座った。そのまま次の試合の観戦を始める叶葉を見て、悠人は少し残念な気持ちになった。

「……悠人さん」

その時、小声で叶葉が声をかけてくる。振り向くと、わずかに頬を赤くして、叶葉は横目に悠人を見ていた。

「あまり見られると、その。恥ずかしいです」

少し考えた後、先ほどの試合で叶葉の姿をずっと目で追っていたことに思い至る。悠人は慌てて、「ごめん！」と謝った。

「もう……」

叶葉は唇を尖らせてそっぽを向いた。

（かわええ）

人様にお見せできないニヤケ面を密かに浮かべる悠人。夢見心地で叶葉の横顔をチラチラ眺めていたが、

「バスケットボール？　あの輪っかにボール入れればいいの？」

コートに立つアイヴィスを見て、やにわに緊張で体が硬くなる。

しげしげとボールを眺め回しては物珍しそうな顔をするアイヴィス。リベルガスケットさんの体操服やばいな、ああれがワガママボデーってやつなんだな——。クラス中が彼女の一挙一動に注目しているが、当のアイヴィスは気にした風もない。

（……大丈夫かな）

脳裏をよぎるのは、マンションの十階から飛び降りても平然としていたアイヴィスの姿だ。彼女は地球人とは比べ物にならない身体能力を持っている。誰かに怪我をさせたり事故を起こしたりしないか、気が気でない悠人の気持ちも知らず、試合開始のホイッスルが響き渡る。

「よっと」

気の抜けた掛け声とは裏腹に、アイヴィスは一呼吸でボールを持ったままゴール下まで駆け寄っていた。稲妻のようなスピードで、悠人は目で追うことすらできなかった。

そのままスキップを踏むように軽やかに飛び上がるアイヴィス。悠人は息を呑んだ。

（た……高い！）

今にもゴールリングに手が触れそうなくらいのハイジャンプだ。いくらなんでもやり過ぎだ、地球人の高校生にできる芸当ではない。

そのままアイヴィスはボールをゴールリングへと叩き込み、そして、

「せいっ」

バキ、と耳障りな音がした。

マイケル・ジョーダンもかくやというダンクシュートを披露するのみならず、アイヴィスはそのままゴールのリングをむしり取っていた。破砕した鉄の破片が体育館の床を滑る。輪投げの輪みたいになったゴールリングを持ち、ぽりぽりと頭をかきながらアイヴィスは、

「あれ。壊れちゃった。思ったより脆いね」

なんて暢気なことを言っている。

先程までの賑やかさが嘘のように、体育館の中は静まりかえっている。体育教師までもが笛を吹くことも忘れてぽかんと口を開けていた。ボールが床に跳ねる音だけが、物悲しく反響し

て響き渡っている。

結局アイヴィスが壊したゴールリングについては「老朽化していたものがたまたまあのタイミングで壊れたのだろう」という結論になった。

いささか強引ではないかと悠人は思ったが、職員室に行って帰ってきた体育教師がなぜか引きつった顔をしてそう主張し、大抵の生徒はそれで一応の納得を得た様子だった。確かに悠人も事情を知らなければ「アイヴィスは実は宇宙人で、彼女の地球人離れしたパワーがゴールリングをぶっ壊してしまったのだ」と真実を言われたところで歯牙にもかけないだろう。

昼休み。クラスメートに囲まれて大人気なアイヴィスを尻目に悠人は教室を後にした。彼のスマホには、

『いつものところで』

叶葉からの短いメッセージが表示されている。

白鷺高校の体育館は敷地の一番奥まったところに位置していて、裏側の倉庫近くは人気がない。悠人はたまにここで叶葉と待ち合わせて、一緒に昼ごはんを食べていた。

誰が気を利かせたのか分からないが、小ぶりなベンチが一つちょこんと置かれている。体育館の影が落ちて薄暗いが、人目をはばかりたい悠人たちにはむしろ都合が良い。

「不思議な人ですね」

「ん？　誰が？」

「あの転校生の子――アイヴィスさん、でしたか」

叶葉は卵焼きを口元に運ぶ。「まあ……不思議なのは、確かにそうだね……」と悠人は歯切れの悪い返事をした。

「あの人、体育の授業で時々、悠人さんの方を見てましたよ」

叶葉が首を傾げる。

「仲、良いんですか？」

「そうでもないけど」

「アイヴィスさんは多分そう思ってませんよ」

（鋭い）

女の勘というやつだろうか、悠人は生唾を飲んだ。

「まさか。ほとんど話したこともないよ」

嘘ではない。ただ、もっとも重大な問題――彼女は悠人のことを婚約者だと思っている、ということは、意図的に伏せた。叶葉に言えることではない。

叶葉はじっと悠人を見ている。大きな瞳は宝石のように深い輝きをたたえていた。悠人はなんだか見透かされているようで尻の座りが悪くなった。

叶葉がおもむろに口を開く。

「悠人さん。私の家には専属の料理人が常駐していまして」

「え、そうなの？」

叶葉の家が相当に裕福だとは聞いていたが、まさかシェフも雇っているとは。想像以上にお嬢なのだろうか。

「このお弁当も、彼女が毎朝作って持たせてくれています。なかなか美味しいですよ」

叶葉はすっと貝の切れ端のようなものを箸でつまみ、悠人の口元に寄せた。

「アワビです。好きですか？」

「いや、食べたことがないっす」

悪気なく育ちの差を見せつけられた悠人だが、さておき上目遣いで食べ物を差し出してくれる叶葉はとても可愛かったので、一も二もなくアワビをぱくりと口に含んだ。叶葉は微笑み、

「どうですか？」

「美味しい。確かに美味しい」

「良かったです」

叶葉がはにかむ。なんだこれ可愛すぎだろ、と悠人は心中で悶絶した。

(写真に撮って家に飾っておきたい、この笑顔)

そんなことを考えつつ、悠人は叶葉に弁当を分けてもらう。

なんということはない、けれど当人たちにとっては間違いなく幸せな時間だった。

自分たちの世界に入って存分にイチャイチャしていた悠人たちだが、突然素っ頓狂な声が聞こえた。

「あー！　いた、ユート！　探したよ」

太陽を宿したような赤い髪が見える。アイヴィスは嬉しそうに悠人を見たあと、横に座る叶葉にちらりと目を向けたが、すぐに興味が失せたとばかり視線を外した。アイヴィスは悠人の横にすとんと腰を下ろした。叶葉とアイヴィスが、悠人を挟んでベンチに座る形になる。

「ニクマンて美味しいね、いっぱい買っちゃった」

アイヴィスがビニール袋いっぱいに詰まった肉まんを見せてくる。悠人は横目で叶葉の様子をちらりとうかがった。

「……………ふうん」

先程の柔和な微笑みを引っ込め、叶葉は無表情でじっとアイヴィスを見ている。その奥にある感情は読み取れないが、少なくとも上機嫌ではないことだけは分かった。

（まずいぞ）

悠人は冷や汗を流す。今の悠人にとって、もっとも鉢合わせして欲しくないのがこの二人だ。一応の口止めはしてあるとはいえ、アイヴィスはこの性格だから何をしでかすか分からない。と同時に、結果的にこの二人を騙している罪悪感が再び胸に去来し、悠人はずきりと心臓が痛くなる。

叶葉の視線に気づいてか、アイヴィスも叶葉に目を向ける。冷たい目だ。悠人に対するものとは全然違う、まるで昆虫か何かを観察するようだった。

しばし、無言で視線が交錯する。口火を切ったのは叶葉だった。

「初めまして」

にこり、と薄く笑う叶葉。悠人には分かる、これは百パーセント外向きの愛想笑いだ。並の相手なら騙されるだろうが、目が笑っていない。

対するアイヴィスは目をすがめて叶葉を見ている。棘のある声でアイヴィスは、

「ユート。誰これ？」

無遠慮にそう尋ねた。バチバチやり合う女子二人を見比べ、悠人は青くなる。

「日野叶葉さんだ。僕たちの同級生だよ」

「悠人さんとは仲良くさせてもらっています」

叶葉はさりげなく悠人の手に自分の手のひらを重ねた。アイヴィスが実に嫌そうな顔をする。

「随分馴れ馴れしいね、あなた――」

低い声を出すアイヴィス。だがその時、始業開始を告げるチャイムの音が響いた。いつの間にか昼休みが終わっていたらしい。

微妙な空気のまま、荷物をまとめて歩き出す。悠人の両隣を歩く叶葉とアイヴィスが、先程までとは打って変わって不機嫌な顔をしていたことは、言うまでもないだろう。

「気をつけないとダメだよ。ユートはかっこいいんだし、顔しか見てない変な女が寄ってきてもおかしくないんだから。私以外の女の子と仲良くしないで」

「そう言っても、どうしても会話しなきゃいけない時だってあるし」

「他の女が寄ってきたら言ってね。そいつの頭を超新星爆発みたいに吹き飛ばしてあげる」

「大丈夫、僕は君だけを見てるから」

放課後、悠人はアイヴィスと連れ立って渋谷へ来ていた。

真っ赤な頭髪に日本人離れした目鼻立ちのアイヴィスはやはり衆目を集めるようで、通りすがる人たちはみなアイヴィスに目を向けていた。なかにはアイヴィスを見てデレっと鼻の下を伸ばしたあと、横を歩く悠人を憎々しげににらんでいく男たちもいる。

「……おい、あの子めっちゃ可愛いぞ……」

「……なんだよ、彼氏持ちかよ……」

「……露骨なアピールしやがって……」

勝手なこと言うな、代われるものならぜひ代わりたいくらいだ——とは言えず、悠人は居心地悪く渋谷を歩いた。

放課後にわざわざ渋谷まで出張ったのには理由がある。悠人は道路の向かい側にそびえる家電量販店を指差した。

先ほど、授業が終わり一息つく悠人に対して、「スマホが欲しい」とアイヴィスが突然言い出したのだ。なんでも、

「地球人はあの変な板――スマホで連絡取り合うんでしょ？　なんかローテクな感じで可愛いし、私もスマホ欲しい」

とのことだ。この数日で随分と地球人の勉強をしたと見える。もちろん悠人にはイエス以外の返事は許されず、こうしてアイヴィスのスマホ購入に付き合っているというわけである。

平日夕方の店内は混み合っていた。携帯売り場の周囲は物欲しそうな顔をした客とギラついた目をした店員さんで埋め尽くされている。アイヴィスは物珍しそうに陳列されたスマホを順番に眺め見た。

「色々種類あるんだね。どう違うの？」

「大きさとか色とか……人によってはカメラの画質やプロセッサーの性能にこだわるよ」

「ユートが使ってるのはどれ？」

悠人が使用しているスマホは一世代前のものではあるが、コンパクトなサイズや値段に比した性能の高さから名機の呼び声も高い。陳列棚の隅っこにちょこんと置かれたスマホを手で示すと、

「じゃ、私もそれにする」

特に迷う様子もない。アイヴィスは近くの店員を呼び止め、「これください」と声をかけた。

店員さんが恭しく一礼し、在庫を確認しに行く。

「あれ。そう言えば、お金はどうする気なのさ」

一世代前とはいえ、アイヴィスが買ったものはそれなりに値も張る。悠人も多少は持ち合わせがあるものの、携帯を買うとなるといささか心許ない。

「大丈夫だよ。あのおじさん、えーと、ナントカカントカ大臣」

「……ひょっとして、内閣総理大臣？」

「そう。あの人がカード貸してくれたから」

アイヴィスは無造作に懐からクレジットカードを取り出した。上限なしで好きなだけ使っていいと言われているらしい。なんとも太っ腹な話だ。

悠人はちらりと店の奥に目をやった。柱の陰に隠れてはいるが、黒服にサングラスという出立ちの見知った男が数名見える。その中には某総理大臣の姿もあった。実はここ最近、アイヴィスと一緒に行動しているとしばしば彼やその側近たちの姿を見かけるようになっていた。こんなところをうろついていていいのかとも思うが、案外目立った様子もなく周囲に溶け込んでいる。確かに、普通に暮らしている分にはこんなところに総理大臣がいるなんて想像もしないだろう。

スマホ購入やら通信会社との契約やらの手続きをすること数十分、悠人たちはようやく店を出た。アイヴィスは早速新品のスマホ片手に上機嫌にニコニコしている。

くすぐる。

アイヴィスはぴたりと悠人の横にくっついた。長い髪が悠人の頬を撫で、良い匂いが鼻元を

「お揃いだね」

「写真撮ろーよ、ユート」

アイヴィスはスマホを遠くに構え、「ほらこっち見て」と急かしてくる。そんなに写真慣れしているタイプではなく悠人の腰が引けるが、アイヴィスにぐいと手を引かれて観念する。悠人はこわばった作り笑いをカメラへ向けた。

悠人は近くの交差点に立つ人物に気がついた。黒スーツにサングラス。総理である。

(何やってんだあれ)

アイヴィスからは見えない角度で手を振りアピールしている総理。彼は何やらマジックで文字が書かれたプラカードのようなものを掲げていた。

『もっとくっついて』

悠人は無視した。パシャリとスマホが音を立てる。カメラロールに保存された写真を見て、アイヴィスが嬉しそうに笑う。

「ありがと、ユート！　写真、大事にするね」

その屈託のない笑みを見て、悠人の心中に複雑な気持ちが湧き上がった。

悠人にとって、アイヴィスは迷惑な来訪者でしかない。せっかく彼女ができてウキウキして

いた矢先に、突然押しかけてきた強引な少女。悠人の都合を気にせず振り回してくるのは本当に勘弁して欲しいし、どうかさっさと別の男を見つけてくれと願っている。

ただ一方で、心底楽しそうに笑うアイヴィスは、どこにでもいる普通の女の子に見えた。

アイヴィスと並んで駅へ向かう。だが、

「あれ、道間違えたかな」

悠人はぽりぽりと頭をかいた。どうも逆方向へ歩いてしまったようで、スマホで現在地を確認して悠人はため息をつく。

「ごめん。戻ろう、アイヴィス」

「私は大丈夫だよ。ユートと歩くのは楽しいから」

アイヴィスはスマホ片手にニコニコしている。

悠人たちがいるのは細い路地だった。両脇にはカラフルな建物が点在しており、やや分かりにくい入り口近くには「宿泊　九千円　休憩　四千八百円」と書かれている。要するにラブホ街だった。

(どうりで人気がないはずだ)

悠人はそそくさと来た道を引き返し始めた。アイヴィスが不思議そうに首を傾げる。

「ねえ、ユート。なんでこの辺歩いてる人間たちはみんなコソコソしてるの」

折しも近くを歩いていたカップルがびくりと肩を震わせたあと、歩き去っていく。ラブホ街という場所柄だろう、あまり人目につきたくない人が多そうだ。

「ねーユート。なんで？」

「さあねえ。なんでだろうねえ」

しらばっくれる悠人。さっさと歩き出そうとする悠人だが、

「えー……日本……渋谷……×〇ホテル……っと」

購入したばかりのスマホで何やら検索しているアイヴィス。次の瞬間、アイヴィスは目を丸くした。

「そっかー、ここって人間が交尾する場所なんだね！」

近隣に響き渡るデカい声で叫ぶアイヴィス。思わず悠人は飛び上がりそうになった。

「え⁉　じゃあこの辺にいる人間はみんな交尾してるの？　あの人もあの人も？」

「ばっ、アイヴィス！」

「だってあの男の人なんて、太ってるし脂っぽいしオジサンだし交尾できそうにないよ。ほらほらユート見て」

「ちょっ……」

周囲から突き刺さる視線に耐えかねて、悠人はアイヴィスの手を引いて走り出す。アイヴィスは世界の絶景スポットではしゃぐ観光客のテンションで「すごいすごい」と繰り返している。

走ることしばし、悠人は肩で息をしながら立ち止まった。アイヴィスは相変わらず感心したように周囲を眺め回している。

「ねーユート。私も入ってみたい」

「却下。今日はもう帰るよ」

「えー」

ぶうぶう文句を垂れているアイヴィスを意に介さず、悠人はスマホを取り出して改めて渋谷駅の場所を調べる。

その時、ふと道の先に見知った黒服が見えているのに気付く。総理大臣とその取り巻きたちは、何やらこちらに手を振ってプラカードを掲げている。

『つれこめ』

「うるさい！」

悠人は思わず叫んだ。

シルヴィー・リベルガスケットはリベルガスケット星軍の前旅団長にして、現在はアイヴィスの筆頭護衛である。

赤銅色の髪を背中で一つにまとめて流している様はいかにも軍人然としている。糞真面目が服を着て歩いていると揶揄される堅物ぶりで、一の字に引き結ばれた唇は滅多に笑わない。

（地球の服は独特だな）

強度の高めな顔面とは裏腹に、彼女の服装は独特だ。身にまとっているのはいわゆるメイド服であり、すれ違った人たちが皆ぎょっとした顔で振り返ってこちらを見てくるものの、シルヴィーは気にも留めなかった。

アイヴィスとシルヴィー、そのほかリベルガスケット星から来訪した面々は東京都内某所の高級ホテルに滞在している。当初アイヴィスは進藤悠人の家での同棲を強く希望したが、進藤悠人本人が嫌がったことに加えシルヴィーも護衛の観点から反対し、妥協案として悠人の家からほど近いホテルへの宿泊を選択した。ちなみに宿泊は無料である。気前が良いのは地球人の長所だなとシルヴィーは思う。

ホテルの自動ドアを潜ると、フロントに立つ男が「お帰りなさいませ」と慇懃に礼をした。シルヴィーはメイド服の裾をはためかせ、ホテルの中をズカズカと歩く。

（それにしても……このメイド服というのは動きづらいな）

古来から、主君に使える従者の礼装とされているとの話だったが、慣れるには時間がかかりそうだ。時々メイド服の裾から太腿が見えてしまったが、いちいち直すのも面倒なので気にしないことにした。

部屋の扉を開けると、豪華な家具と調度品が数多く設えられた部屋の中にアイヴィスがいた。

「お帰りシルヴィー」

「はい。ただいま戻りました」

シルヴィーは恭しく頭を下げた。アイヴィスがシルヴィーのメイド服を見て目を丸くする。

「どうしたの、その格好」

「地球では、古来よりこのような格好が正装とされてきたようです。アイヴィス様にお付きする上で、相応しい服装かと」

「へー、そうなんだ」

感心したように頷くアイヴィス。現代日本ではメイド服の本来の趣旨は失われつつあり、どちらかというと特定の層向けのニッチなファッションと化しているという根本的真実を彼女たちに指摘できる者は、残念ながらこの場にいない。

「シンドウ・ユート……地球星日本国で出生……西暦2006年6月1日生まれ、宇宙暦に換算すると……ふむ……」

手元の資料――悠人に関する情報を彼女が独自の情報網で調べ、まとめ上げた、門外不出の秘密文書である――を眺めながら、シルヴィーは尋ねた。

「あの男のどこに惚れたのですか」

「えー？　シルヴィーそれ聞いちゃうー？」

秘

アイヴィスが頬に手を当てて体をグネグネさせる。

「まずは顔かな」

「なるほど」

シルヴィーは深く納得して頷いた。

「シンドウ・ユートは確かに相当な美男子。リベルガスケット星には様々な惑星から選りすぐりの大使が来ますが、これほど整った容貌の者は私も見たことがない」

「でしょー！　ちょーかっこいいよねー！」

アイヴィスはいよいよグネグネ度合いを強める。楽しそうで何よりである。

「不思議なのは、地球においては彼の容貌はそこまで評価されるものではないようです。地球人はどうも美醜に疎いようで」

「別にいいんじゃない？　こんな星の住人にはユートのかっこよさは分からないよ」

進藤悠人——地球星日本国においては平凡な容姿ながら、銀河レベルでは不世出の美男子である。

そのことを知った彼は「生まれる星を間違えた」とぼやくことになるのだが、それはまた後日の話だ。

「ねー、シルヴィー」

ソファーの上でゴロゴロしつつ、地球人若年女性向けの雑誌を読んでいたアイヴィスが声を上げる。部屋の隅に立ってシルヴィーは「なんですか」と返事をした。

「モテテク特集っていうのが雑誌に載ってるんだけどさ」

「なんですかそれ」

「地球人の男の子の気を引くにはどうすればいいのかって書いてある。えーと……さりげなく髪をかきあげる、ボディタッチをする……」

アイヴィスは興味津々な様子で雑誌を読み込んでいる。これが銀河最強と謳われるリベルガスケット星軍の長だと聞いて、果たしてどれほど信じる者がいるだろうか。

「とりあえず、アイヴィス様は真似しない方がいいですよ」

「え？　なんで？」

「あなたが下手にボディタッチなんてしたら、相手の骨でも折りかねないですから」

「そんなことしないよ。ちゃんと手加減する」

アイヴィスがふくれっ面をする。不満げなアイヴィスに頓着せず、シルヴィーはアイヴィスの着替えを用意する。

「シルヴィー、最近あなた態度がなってないよ。私皇女よ、皇女」

「皇女様らしい振る舞いを身につけてから言ってください」

アイヴィスは不満そうに口をへの字にしているものの、さして怒った様子はない。シルヴィーの方も、この程度でアイヴィスが怒らないことは織り込み済みである。

立場としては皇女と従者という関係だが、同時に彼女たちは従姉妹の関係にある血縁者であり、古くから付き合いがある幼なじみだ。シルヴィーにとって、アイヴィスは世話の焼ける妹とでも言うべき立ち位置だった。

「それより、いつまでゴロゴロしてるんですか。早く湯浴みしてきてください」

「地球の湯船は狭いよね。足が硬くなりそう」

アイヴィスは雑誌から目を離そうとしない。

「シルヴィー先入っていーよ。私本読んでるから」

「ダメです。ほら、早く起きて」

「ちぇ」

アイヴィスは雑誌を放り投げて風呂場に向かった。シルヴィーはため息をつきながら、打ち捨てられた雑誌を閉じてテーブルの上に置いておく。

「ねー、シルヴィー」

脱衣所からアイヴィスが声を上げる。「なんですか」とシルヴィーは問い返す。

「シルヴィーは男の子と付き合ったことある？」

「ありませんよ。時間の無駄ですから」

シルヴィーはにべもない口ぶりで言った。

「恋愛は交尾に至るまでの過程をもっともらしく飾り付けているだけです。宇宙広しと言えど、異性との交際に長々と段取りがあるのは地球人だけですよ」

現在リベルガスケット星は合計で五千近い他種族の知的生命体と交流を持っているが（知的生命体の定義に関する議論はここでは割愛する）、うち交尾の前段階として「恋愛」という概念を保持しているのはリベルガスケット星や地球のほか、ごく限られた星だけだ。

さらに言えば、その中でも地球の恋愛は他星のそれとはだいぶ異なる。アイヴィスの進藤悠人に対するアプローチは地球人から見れば「強引」で「情熱的」らしいが、初めてその評価を聞いた時は耳を疑った。シルヴィーの常識に照らせば、アイヴィスの恋愛は奥手過ぎて見ていてもどかしい。

「アイヴィス様も、さっさとシンドウ・ユートを拉致してくればいいじゃないですか。頭蓋骨を開いて神経ニューロンとシナプスの繋がりを変えて電気刺激を少し流してやれば、アイヴィス様にだけ欲情してやまない理想的な男が出来上がりますよ」

「そういうのじゃないの！　私はありのままのユートに好きって言われたいの！」

はあそうですか、とシルヴィーはため息混じりに答える。

アイヴィスと一緒にやってくるまで、シルヴィーは地球という星やそこに住む住人のことなど全く知らなかった。いざこうして間近に見てみると、彼らの文化に数多くある非合理的な点に首を傾げざるを得ない。

とりわけ、異性獲得競争の煩雑さには呆れを通り越して感嘆するほどだった。嫌らしくない程度にデートに誘い、何度か会ってお互いの好意の有無を探り、満を持して交際を申し込む。

正気か？　と思う。宇宙全体で見れば、

「おっ君可愛いね。一発どう？」

「いいよ！（即答）」

大多数の種族ではこんな感じだ。当たり前の話で、どう考えてもこれが一番繁殖に有利で生存競争に勝ち抜きやすい。

なぜ地球人はこんなにも複雑怪奇で不合理な繁殖のシステムを作り上げたのか。地球人の一部は恋愛こそが人生の目的で、子孫を残すことはそこに付随する結果に過ぎないという風潮すらあるという。本末転倒というか、手段と目的が逆転していると評さざるを得ない。

所詮は未開の惑星、深く考えるだけ時間の無駄だとシルヴィーは思考を打ち切る。

（私はアイヴィス様のことだけ考えていればいい）

アイヴィスに対するシルヴィーの忠心は深い。血の繋がった従姉妹である以上に、リベルガスケット星軍の長であるアイヴィスのことをシルヴィーは尊敬していたし、そのサポートに生きがいを見出していた。

だからこそ、今のアイヴィスの状況は頭が痛かった。こんな辺境の田舎惑星で、現地の男に入れ込んで仕事にも手がつかなくなっているアイヴィスを見ると、思わずシンドウ・ユートを呪いたくなる。

（あの男、どうしたものか……）

アイヴィスが脱衣所からシルヴィーを呼ぶ声がする。どうやら入浴を終えたらしい。用意しておいたアイヴィスの着替えを持って、シルヴィーはアイヴィスの元へ向かった。

Nova 3. 誰この女

女子更衣室の中には誰かが持ち込んだ柑橘系の消臭剤の匂いが漂っている。叶葉は汗で湿った体操服を脱いでロッカーに入れたあと、大きく息をついて伸びをした。長時間の部活動で凝り固まった筋肉が心地よい悲鳴を上げる。

叶葉はスマホを取り出し、カメラロールを眺めた。ここ最近急に増えた写真の多くは悠人が写ったものだ。一緒にファミレスで勉強している時や、電車で寝ている横顔をこっそり撮った一方で、案外二人で写っているものが少ない。

(一緒に写真撮ろうって言うの、恥ずかしいんですよね……)

彼氏彼女の関係になっても、いやだからこそ、恋人らしいことをしようと打診するのはなんだか気後れしてしまう。しかし悠人は生真面目な分奥手だから、叶葉の方から誘わないとなか

なか物事が進まないかもしれない。どうしたものかとスマホを口元に当てて悩んでいると、

「叶葉」

「ひゃっ」

頬に冷たい感触。押し当てられたのは冷えたコーラだった。振り向くと、同級生の女子がひらひらと手を振っている。

「七榎ですか」

「お疲れ。これあげるよ」

コーラを手渡され、叶葉は「ありがとうございます」と言った。

篠川七榎は叶葉の友人である。叶葉は物腰は柔らかいものの人見知りをするので、友人はそこまで多くはない。そんな中、一年生の頃から七榎とは仲良くしていた。

女子バスケ部のエースであり、すらりと伸びた手足は一つ一つの動作が機敏で野生動物を思わせる。整った顔立ちをしているが、目つきが鋭いので初対面では気後れする人も多いだろう。歯に絹着せない物言いをすることが多いが、叶葉にとってはその直截さがかえって気楽だった。

「ちょっと待ってくださいね。代金を」

「いいよいいよ。奢り」

（イケメン……）

物怖じしない性格のためか男子からは苦手にされることもあるようだが、女子からの人気はそれを上回るほどに凄まじい。一部の界隈では「男よりイケメン」との呼び声も高い。イケメン、もとい七榎は叶葉のスマホを覗き込む。

「何見てんの？　って、ああ。察したわ」

彼女は呆れたように肩をすくめた。

七榎は叶葉と悠人が交際することを知る数少ない人物の一人だ。元を正すと、まだ悠人と叶葉が付き合っていない頃から時々相談に乗ってもらっている。

「楽しそうだね。羨ましい限り」

「七榎はその気になれば彼氏くらい作れるのではないですか」

「嫌だよ。私を好きになるような物好きはお断り」

七榎は手にした紙パックのコーヒー牛乳をズコココと吸い込んだ。

「だいたい、あんたにそんなこと言う資格はないでしょ。入学してから何人振った？」

「さあ……三十人くらいでしょうか」

「死屍累々じゃん」

叶葉の耳元に口を寄せる七榎。

「進藤のどこが良かったの？」

叶葉の顔が真っ赤に染まる。七榎は「照れるな照れるな」とケラケラと笑った。

「にしても、あんたは彼氏とか恋愛とかは興味ないと思ってたんだけどね」

「私は実家の問題もありますから」

「あー……なるほど」

苦笑いを浮かべて、納得したように七榎は頷いた。

「お父さんには反対されるんじゃないの」

「なんとかします」

「健気だねえ。よっぽど好きなんだ」

「もう、七榎」

七榎はぴっと叶葉のスマホを指差した。待ち受け画面は悠人の写真である。

「どう？　順調なの」

叶葉はここ最近との悠人とのデートを思い返した。また一緒に勉強したいなあ、悠人さん緊張してて可愛かったなあ、なんて考えているうちに知らず知らず頬が緩んでくる。七榎は「あーはいはい」と手を振った。

「その顔だけで分かった。楽しそうだねえあんたらは」

「見てください。この写真、ちょっとカピバラみたいで可愛くないですか」

「知らんがな」

七榎はロッカーから着替えを取り出しながらぼやいた。

「あーあ。どっかにいい男いないかなー」

叶葉はちらりと更衣室の隅を見た。数人の女子が固まり、七榎に熱い視線を送っている。

「篠川さん今日もかっこいいー……」

「顔小さい……」

「尊い……」

「絶対彼氏できてほしくない……」

「孤高の存在でいてほしい……」

小声で囁き交わすのが聞こえてくる。叶葉はぽつりと言った。

「女子が相手なら、いくらでも立候補はありそうですが」

「ん？　何か言った？」

「いえ、別に」

叶葉は首を振った。

＊＊＊

週末。平日の疲れを癒やそうと、悠人は自室で眠りこけていた。

「んー……ねっむ……」

スマホは朝の八時を示している。だが今日は日曜日、起きて活動する必要性はない。このまま惰眠を貪り続ける所存である。毛布を頭からかぶって幸せな二度寝に邁進しようとした悠人だが、

「ユ――ト――！　起きて――――！」

窓の外から大声が聞こえる。アイヴィスだ。この宇宙人は時折、こうしてベランダから部屋に入り込んでくる。いつになったら地球人は玄関から家に入るという常識を覚えてくれるんだろうかと思う。

ガチャガチャと窓を開けようとする音が聞こえる。内側から鍵をかけているのでもちろん開かないが、このまま放っておけば後で何を言われるか分かったものではない。仕方ない、ひとまず家に入れてあげようと悠人がベッドから起き上がった矢先、

「あっ」

バキッと金具が弾け飛ぶ音がした。無理矢理こじ開けられた窓から風が吹き込む。変な塩梅に外枠がひしゃげたガラス窓に目をやり、悠人は思わず頭を抱えた。アイヴィスが来るたびに家の物品が壊れていくのである、そろそろ修理費が追いつかない。

「お、開いた開いた」

なんて暢気なことを言いながらアイヴィスは室内に足を踏み入れる。アイヴィスはいまだパジャマ姿の悠人に目をやり、「もう」と頬を膨らませて腰に手を当てる。

「ユート、早く着替えてよ」

「……どこか行くの？」

言外に「今日は家でのんびりしたい」というニュアンスを存分に匂わせる。だがそんな地球人的迂遠な物言いはもちろん伝わるわけもなく、アイヴィスは梅雨の晴れ間の太陽のように明るい笑顔で言った。

「デート行こーよ！」

「地球人のカップルはデートでゲームセンターに行くんでしょ」

どこの誰から吹き込まれたのか、そんなことを宣いながらアイヴィスは鼻息を荒くしていた。

悠人としては面倒臭いという気持ちが先に立つが、そんな本音は胸の内にしまっておく。

訪れたゲームセンターは休日ということもあり若者や親子連れであふれていた。ガラスの向こう側で動くクレーンを、アイヴィスはしげしげと眺めている。

「ねーユート。あれ欲しい」

アイヴィスが指さしたのはクレーンゲームの景品であるぬいぐるみだった。案外こういう人間の若者らしいものにも興味あるんだな、と悠人は意外な心持ちがする。

「どうすればいいのかな。この機械の箱って、壊して中のものを取り出していいやつ？」

「ダメなやつに決まってるだろう」

百円玉を入れてクレーンを動かして、と一通りやり方をレクチャーする悠人。アイヴィスは渋い顔をした。

「めんどくさ……地球人はこんなの好きなの？」

「こういうのは、景品をもらうだけじゃなくて、過程のゲームを楽しむものだよ」

「店員を脅した方が早くない？」

「暴力の申し子みたいな思考回路してるね君は」

納得いかなさそうなアイヴィスは「やっぱいーや」と言い捨ててスタスタとその場を歩き去った。悠人は慌てて後を追う。

このゲームセンターはクレーンやメダルゲームといった一般的なものの他にカラオケ、ダーツにビリヤードといった遊び場も一緒に入った複合施設である。

「ユート！　あれ！　あれやってみたい！」

アイヴィスが次に興味を示したのはボウリングだった。

受付のスタッフのオバチャンは「あらデート？　いいわねえ」みたいな笑みを浮かべてレンタルのシューズを貸してくれた。だが悠人としてはボウリングを楽しむ気にはなれない。なにせ同伴者はアイヴィスである。どうか物を壊さないでいてくれるように祈るばかりだった。

「うーん……これでいいか」

ボウリングの球をお手玉みたいにひょいひょいと持ち比べたあと、アイヴィスは一番重いタイプの球を選んだ。あの球は重さ七、八キロあるはずだが、アイヴィスは風船のように軽々と持っている。

「地球にもボール遊びはあるんだね。リベルガスケット星も子供たちはよく遊んでた」

「へえ」

遥か遠くの星でも、地球と似た文化はあるらしい。幼いアイヴィスがキャッチボールをして遊んでいる様子を思い浮かべる。悠人は少し微笑ましい気持ちになった。

「タナルバン星人の卵は強い衝撃を与えると爆発するから、それをお互いに投げ合うの。何度も死にかけたなあ」

「危ない幼少期だな……」

ボウリング場もやはり混み合っていて、周囲は騒がしい。そんな中でもアイヴィスは目立つようで、アイヴィスがレーンに立つと視線がこちらへ集まるのを感じた。

「あの白い棒みたいなやつを倒せばいいんだね？　オッケーオッケー」

アイヴィスは手元のボールと、行儀良く並んだ白いピンを交互に見比べた。

「んーと、こんな感じ？」

アイヴィスが野球のピッチャーのようにボールを振りかぶる。違うそれはボウリングの投げ方ではない、と悠人が慌てて静止する間もなく、

「そいっ」

気の抜けた声とは裏腹に、空気を引き裂く音が耳を撫でる。見事なスローイングでブン投げられた十五ポンドのボールはエオルス音を奏でて滑空したのち一直線にボウリングピンを吹っ飛ばし、そのまま凄まじい音を立ててレーンの向こう側へ激突した。

「見て見てユート、全部のピン吹っ飛ばしたよ。これってストライク？」

ギャラリーがざわついている。店の奥からは何やら悲鳴も聞こえた。変な煙も出ているようだ。

「あれ？　もう終わり？」

アイヴィスは暢気に首を傾げている。怯えた顔をした店員さんたちに対して、平身低頭して謝り倒すこと小一時間、ゲームセンターを出た時には悠人はすっかり疲労困憊していた。

「あー楽しかった！」

満足げな顔をして伸びをするアイヴィス。どうやらゲームセンターでのデートは彼女のお気に召したようだが、おそらくあのゲームセンターには二度と行けないだろうな、と悠人は思う。ボウリング場の店員さんたちの怯えた目が忘れられない。せめてもの罪滅ぼしとして、後で総理大臣に連絡して修理費は出してもらうことにしよう。

「ユート、喉渇いた」

「んー……。喫茶店空いてるかな……」

休日の繁華街、喫茶店は行列していて入れないことも多い。だが幸いというべきか、ゲームセンターから近い場所にあるコーヒー店はそこまで混んでいない様子だった。

「何名様ですか」

「二人です」

「分かりました。お掛けになってお待ちください、すぐにご案内します」

店員に促され、悠人は店の外に置かれた椅子に腰掛ける。あの様子だとあまり待たずに済みそうだ。さて何を頼もうかなとメニューを眺める悠人だが、

「悠人さん？」

よく知る声が聞こえた。「えっ」と思わず変な声が漏れる。アイヴィスと二人でいるこの状況でだけは、絶対に会いたくない人物の声だった。

いつもの制服ではなく、紺のワンピースを着ている。買い物の途中だろうか、いくつかの紙袋を持っている。叶葉は目をぱちくりさせて悠人を見た。

「奇遇ですね。お出かけですか」

「ああうん、そんな感じ」

叶葉は嬉しそうに笑いかけてくるが悠人はそれどころではない。なにせ悠人は現在進行形でアイヴィスとデート中だ、今すぐ早急にこの場を離れなくては。

「ごめん、僕ちょっとお腹が猛烈に痛くなってきたからトイレに――」

「ユート、お待たせー！」

間の悪いことに、トイレに行っていたアイヴィスが戻ってくる。ニコニコ笑っていたアイヴィスだが、悠人の前に立つ叶葉を見て一瞬で笑顔を引っ込めた。

「は？」

剣呑な声を出すアイヴィス。一方の叶葉は何度か悠人とアイヴィスを真顔で見比べたあと、

「こんにちは」

優雅に会釈し微笑んだ。だが凄まじい威圧感で、悠人は冷や汗が止まらない。

「二人で何をなさってるんですか」

「あんたに関係ないでしょ」

両者、出会い頭から喧嘩腰である。

「コーヒーご一緒しませんか、アイヴィスさん」

「やだ。なんであんたと」

「良いですよね？　悠人さん」

叶葉が笑顔のまままこちらへ向き直る。なぜか笑顔の裏に般若の顔が見えた。悠人は壊れた人形のようにカクカクと頷いた。

店員さんがやってくる。叶葉とアイヴィスに挟まれて店の中を歩く時、悠人は自分が断頭台を登る死刑囚になったような心持ちがした。

「美味しいコーヒーだね」

「…………」

「この店、ケーキも良いんだよ。モンブランが美味しくてさ、頼んでみない？」

「…………」

「知ってる？　アイスコーヒーが発明されたのは日本なんだよ」

「………………………」

凄まじい空気の中、悠人の空空しい声が上滑りしていた。

悠人たちが入ったコーヒー店にはカウンター席があり、三人で並んで座っていた。アイヴィスと叶葉に挟まれて悠人が腰掛ける形になる。左右に不機嫌な顔をした叶葉とアイヴィスが座り、時々「どういうこと？」みたいな視線をこちらへ向けてくる。

今すぐ逃げ出したい。悠人は心の底からそう思った。

「日本には慣れましたか、アイヴィスさん」

口火を切ったのは叶葉だった。

「悠人さんは優しいですね。慣れない人のために、東京を案内してあげるなんて」

叶葉はにこりと悠人に笑いかけた。にこやかに笑ってはいるが、心中穏やかではないのは容易に察せるところである。

「そーよ。せっかくユートと出かけてたのに、邪魔が入ったってこと」

対するアイヴィス、叶葉への敵意を隠そうともしない。長い足を組んで頬杖を突き、叶葉をねめつけている。

「まあ。大変ですね」

上品な仕草で口元に手を当てる叶葉。アイヴィスの当て付けをものともしていない。横で見ている悠人はひたすら縮こまっていることしかできないというのに、この日野叶葉という少女、恐るべき胆力である。

「今度、私も悠人さんと観光に行きたいですね」

「ハァ？　何言ってんの」

交差する二人の少女の視線。火花が飛び散る音が聞こえる。

（まずい。まず過ぎる）

このまま放っておけば、アイヴィスか叶葉が「私は悠人の彼女だ」と言い出すことは時間の問題だ。二股を隠し通すためには、なんとかこの場を切り抜ける必要がある。

（どうする、どうする……!?）

手の平にじっとりとした汗がにじむ。心拍数が上がり、耳の奥で自分の心臓が脈を打つ音が聞こえる。

折しも注文したコーヒーが届く。会話が途切れ、沈黙の時が続く。

悠人は動いた。

「叶葉さん。ちょっと」

叶葉の肩を叩き、悠人は店の外を指差す。アイヴィスには「少し待ってて」と声をかけたあと、悠人は叶葉と一緒にいったん店を出た。

店の外に出て叶葉と向き合う。

「アイヴィスさんと二人でお出かけしてたんですね」

(怖あ)

ニッコニコの笑顔で叶葉が微笑んでくる。どう見ても怒っている。

叶葉してみれば付き合って早々の彼氏に浮気疑惑が持ち上がったような状態だし、実情としてそれは間違いではないのが胸の痛いところだ。だが人類の命運が懸かっているこの状況では、たとえ嘘をついてでも誤魔化し抜くしかない。

(ありのままを伝えることはできない……なら、力技で叶葉さんを納得させるしかない)

腹をくくり、大きく息を吸う悠人。

「ごめん。実は事情があって」

「別にそんなに言い訳なんてしなくていいんですよ? 転校してきたばかりの学友が日本に馴染めるように案内する——素晴らしい思いやりだと思います」

(怖ッ……)

笑顔と裏腹に仁王像のような威圧感を放つ叶葉。今すぐ土下座したい衝動が体を駆け抜けるがなんとか踏ん張り、悠人は言葉を続ける。

「アイヴィスはアメリカから来たばかりで、誰にも頼れない状況らしいんだ。別に浮ついた気持ちがあるわけじゃない」

「ふ――――ん。そ――――ですか」

ぷいと叶葉がそっぽを向く。口先ならなんとでも言える、とでも言いたげだ。

ごくりと生唾を飲む。悠人は一歩前に進んだ。

「悠人さん？」

悠人と叶葉の顔が接近する。叶葉の頰に朱が差した。

そのまま悠人は、

「えっ⁉」

叶葉が裏返った声を上げる。

女の子を抱きしめたのは初めての体験だった。これまでろくに女性と交際したこともなければ口を聞いたこともないのに、こんなに大胆な行動を取ったことに、自分自身が驚いた。

顔が熱い。口の中がカラカラに渇いている。唾を飲み、悠人は叶葉の耳元で囁く。

「僕が好きなのは君だけだ。信じてくれ」

紛れもない本音なのだが、さておきこの状況でこんなことを言うのはクソチャラ二股男以外の何者でもないなと我ながら情けなくなる。だが叶葉を納得させるには体を張って悠人の好意を伝えるしかない。

　これまでせいぜい手を繋いだことくらいしかなかった悠人にしてみれば大胆極まりない行動で、自分の心臓が太鼓のようにバクバク脈打つのが分かった。

叶葉の顔を覗き込む。顔を真っ赤にして、目を白黒させている。周囲の通りすがりの人たちが「やってんなあ」みたいな顔をしてニヤニヤ歩き去っていくが知ったことではない、悠人は現在進行形で世界を救っている最中なのだ。

　店の中に戻る。席についたとき、先ほどの怒り心頭な様子はすっかり鳴りを潜め、叶葉は心ここにあらずといった様子でポヤーッと天井を見つめていた。悠人は安堵のため息をついた。

　続いてアイヴィスの説得である。

　叶葉と入れ替わるようにアイヴィスを店の外へ連れ出し――ちなみに叶葉はとろんとした顔でアイスコーヒーをストローで飲んでいた――悠人はアイヴィスと向かい合う。

「なにあの女。殺した方が良くない？」

　開口一番に物騒なことを宣うアイヴィス。

「ダメだ。かな……日野さんは悪い人じゃないよ」

「邪魔者は消せって女王が言ってた」

目が据わっている。指をポキポキ鳴らしながら店の中に戻ろうとするアイヴィス。悠人は慌ててその腕をつかむ。

「待って！　待てったら！　そんな気軽に人を殺しちゃダメだ！」

「気軽には殺さないよ？　じっくりゆっくり、少しずつ生命の灯火を消していくから」

しがみつく悠人を引きずりながら、アイヴィスは店の中をズンズン歩く。割と全力で押さえつけているのにまったく苦にする様子がない。まるでダンプカーと相撲をしているような気分だった。

「後で肉まんおごってあげるから！　いったん止まってよアイヴィス！」

「大丈夫、警察には手を回しておくから」

どう考えても大丈夫ではないセリフを吐くアイヴィス。

（ヤバいヤバいヤバい！　どうする……⁉）

かつてないフル回転を見せる悠人の頭脳。十六年間の人生で一番の冴え渡り、脳細胞が体中の糖を燃やして稼働する。

散逸し収斂する思考。彼が導き出した結論は、

「アイヴィス！」

「ちょっと待っててユート。今から邪魔者を始末するの」

「――君のご両親に挨拶に行く日を決めたい」

「ほんと!?」

先程までの剣幕が嘘のように、アイヴィスがキラキラした目でこちらへ向き直る。悠人の両手を握り、

「嬉しい！　ユートもその気になってくれたんだね!?」

「ははは……そっすね」

「大丈夫！　地球とリベルガスケット星は遠いけど、ちゃんと快適に過ごせるように手配するから！　どーしよ、新婚旅行の行き先も決めないと……！」

スキップでもしそうな足取りで席へと戻るアイヴィス。上機嫌に鼻歌まで口ずさんでいる。

「……男の人って……あったかいんですね……」

「ラタヤナハ星なんてどうかな？　私の友達が面白かったって言ってたんだ」

頬を染めて喫茶店の天井を見上げる叶葉と、楽しそうに新婚旅行先の候補について話すアイヴィス。二人に挟まれながら悠人が引きつった苦笑いを浮かべていたことは、言うまでもない。

急場は凌いだものの、

（……かえって状況が悪くなった気がする……）

心の中で、悠人はそうつぶやいた。

総理大臣が時々家に来て茶を飲んでいくんだ、と話してそれを信じる者はいないだろう。しかし進藤家にとって、それは何一つ誇張のない事実だった。

冷えた麦茶が注がれたコップを置くと、総理はぴっと手刀を立ててみせた。

「毎度悪いね。あ、煎餅ある？」

「……どうぞ」

椅子に座ってボリボリ煎餅をかじり出したのは、以前このマンション前で会った総理大臣のおじさんだった。スーツのネクタイを緩め、首をゴキゴキと鳴らしたあと、彼は煎餅のカスを口から飛ばして言った。

「で、どうよ。アイヴィスちゃんとはうまくやってるかい」

「まあ、なんとか」

「そいつは良かった。引き続き頼むぜ。『地球をパーン』されないためにな」

総理は指をぺろりと舐めた。

先日アイヴィスが来訪した時に会って以来、この壮年男性は時々悠人の家を夜遅く訪ねてくるようになっていた。悠人とアイヴィスとの間に問題が起きていないか確認するためらしい。

「君の双肩には世界の命運がかかってる。高校生にこんなことを言うのも申し訳ないが、どうか慎重にやって欲しい」

渋い声で言う総理。悠人は視線を落とし、「はあ」と歯切れの悪い返事をした。

ずいと総理がテーブルの上に身を乗り出す。

「で、どうよ。もうヤッた？」

悠人は麦茶を吹き出しそうになった。総理はニヤニヤと笑いながら、

「勘違いしないでくれよ。君たちの関係性が順調に進んでいるかどうかは地球の命運に関わるからな」

「その割には随分顔が嬉しそうですけど」

「昔からこういう顔なんだわ。すまんね、へへへ」

総理はぐるりと家の中を見回した。

「高校生で一人暮らしとは珍しいな。親御さんは今日も仕事かい？」

「二人ともイギリスに赴任してて、今は日本にはいないです」

だいたい、と悠人は半眼になる。

「あなたは僕の親の仕事知ってますよね。急な異動の話が来たって聞いてますけど」

「あれ、そうだっけかな。忘れちまったよ」

すっとぼけた口ぶりの総理。

「ま、一人暮らしなら女の子を連れ込むにはちょうどいいわな」

（スケベオヤジめ……）

テレビで記者会見をしている時とはだいぶ印象が違う。悠人がそのことを指摘すると、

「無茶言うなよ。何か言ったらすぐマスコミが揚げ足取ってくるんだ。テレビの前じゃ真面目な振りするしかないのさ」

とひらひら手を振った。

総理は椅子から立ち上がり、

「また来るよ、進藤くん。引き続きよろしく頼むよ」

廊下に向かう総理の背中を見ながら、悠人はぽつりと言う。

「本当に、このままやらないといけませんか」

総理が振り向く。悠人は続けた。

「僕には元々、大好きな彼女がいたんです。これじゃ二股だ。彼女にも、アイヴィスにも申し訳ない」

総理はしばらくじっと押し黙ったあと、悠人の肩を叩いた。

「すまんなあ」

悠人は顔を上げた。先ほどまで浮かべていた嫌らしい半笑いを引っ込め、総理は深々と頭を下げた。

「君に託すしかないんだ。……分かってくれ」

悠人は何度か目を瞬かせたあと、唇を噛んだ。

「せめて、他の人には事情を話せませんか。僕の親友だけでも相談を――」

「ダメだ」

総理は首を振った。

「実はリベルガスケット星人に限らず、地球にはすでに数多くの宇宙人が訪れているらしい」

「そう……なんですか？」

「うん。人間に溶け込み、地球人の振りをして生活しているようだ。姿や声を変えることは、宇宙人たちにとっては難しいことではないらしい」

総理は靴紐を結びながら、小さく息をついた。

「地球は色んな星から宇宙人がやってきて共生する、言わば中立地帯に該当するみたいでね。だが新顔のリベルガスケット星軍、それも皇女自らがやってきたとなると、話は変わってくる。パニックになった他の宇宙人が暴れるかもしれないし、アイヴィスちゃんを狙って暗殺にくる他の星軍の連中もいるだろう」

「宇宙人って、随分殺伐としてるんですね」

「そうか？　人間も似たようなもんさ」

だから、と総理は続けた。

「今回のこと――アイヴィスちゃんの正体や、宇宙人が実在することは、くれぐれも周囲に漏らさないようにしてくれ。これは君や、君の大切な人の命を守ることに繋がる」

悠人は目を伏せ、ゆっくりと頷いた。総理がふっと微笑む。

「長居し過ぎたな。永田町に戻らんと」

総理が玄関の扉を開けると、スーツ姿の大柄な男性——SPたちが幾人も立っていた。最近は慣れてきたが、最初にこの光景を見た時は肝を潰したものだ。

「それじゃあな、進藤くん。また来るぜ」

SPたちを引き連れ、総理が去っていく。その背を見送ったあと、悠人は部屋に戻った。


とある日の夜。悠人はアイヴィスと並んで夜道を歩いていた。薄暗い道路を若い男女が歩いているのはいかにも初々しいカップルが人目を忍んでの逢瀬を重ねている風だが、その実情は、

「ちょ……アイヴィス肉まん買い過ぎじゃない……？」

夕食の買い出しと称して近所のコンビニへ肉まんを買いに行くアイヴィスと、その荷物持ちとして駆り出された悠人である。

「ここの店にあるニクマン全部ちょーだい」

耳を疑うような注文の仕方をするアイヴィスは店員さんの間では有名人と化しているようで、アイヴィスと連れ立ってコンビニに入った瞬間に店員さんたちがサッと目配せし、「来たぞ……」「温め始めとけ、在庫は全部出していい」と小声で言い交わしたのを悠人は見逃さなかった。

ぱんぱんに膨れたビニール袋を提げて、アイヴィスの後ろについて歩く。鼻歌を歌いながら歩くアイヴィスは、こうしていると年頃の女の子にしか見えない。

「あのさ、アイヴィス」

悠人は前を歩くアイヴィスに尋ねた。

「アイヴィスたち以外にも、宇宙人って地球に来てるの？」

先日の総理とのやりとりが頭をよぎる。実はリベルガスケット星人に限らず、地球にはすでに数多くの宇宙人が訪れているらしい——。その話が本当なら、悠人が気づいていないだけですでに数多くの宇宙人とすれ違っていた、なんてこともあるかもしれない。

「うん。ざっと三千種くらいの宇宙人が来てるんじゃないかな」

さらりと口にするアイヴィス。三千、と悠人は繰り返す。

「ユートも気をつけてね。必ずしも地球人に友好的な種族だけじゃないから」

「……例えば、どんな人たちがいるわけ？」

「そーだなぁ。ラタヤナハ星人——こっちで言う爬虫類に近い種族なんだけど、この人たちはかなり好戦的でしょっちゅう地球人を殺して問題になってるみたい。あとは地球人を捕食するエタモ星人とか？　一時期は星間条約違反ってことで大問題になってたよ。そのほかにも色んなのがいるんじゃないかな」

聞くだに不穏な話ばかりだ。悠人の顔が青くなったのを見てか、アイヴィスが目を細めて笑う。

「大丈夫だよ、ユート。私がついてる以上、ユートは絶対に安全だから」

台詞だけ聞けば頼もしいが、残念ながらそう言って胸を張るアイヴィスのほっぺたには肉まんの具がついていた。それを指摘すると、

「え！　嘘、恥ずかしい」

慌てて服の袖で口元を拭うアイヴィス。こうしてみると、宇宙最強と言われる星軍の軍団長だのなんだのという話が、まるで別人のことのように思えてしまう。

コンビニを出て、人気のない夜道を歩く。と、後ろからパタパタと足音が聞こえてきた。

「あの、お客さん。品物、忘れてましたよ」

先ほどのコンビニの制服を着たお姉さんがこちらへ駆け寄ってくる。彼女はビニール袋に入った肉まんをがさりと手渡した。

「こんなにたくさん買う人初めて見ましたよ。お好きなんですか」

「ああいや、僕というよりこの子が」

悠人はちらりと横目でアイヴィスを見た。アイヴィスはいかにも興味なさそうにそっぽを向いて店員さんの話を右から左へ流しているが、一方で抜け目なく肉まんの入った袋を受け取って大事そうに後ろ手に抱えたことも触れておかなくてはいけないだろう。

「ふーん……」

店員さんは悠人とアイヴィスを見比べたあと、小首を傾げた。

「夫婦、ではないですよね。若過ぎるし。お二人はどういう関係なんですか?」

店員さんは悪気ない口調で訊いてくる。悠人としては「いやァこの子は宇宙人でして、地球平和のために無理矢理付き合わされてるんですよねＨＡＨＡＨＡ」と本当のことを言うわけにもいかず、曖昧な半笑いを浮かべた。

「まあ、色々ありまして」

「ふーん……」

店員さんが小首をかしげる。前に一歩歩み出た彼女は、自然な動作ですっと悠人の手を取った。

「お兄さんかっこいいですよね。メアドとか聞いてもいいです?」

「へ」

間の抜けた声を上げる悠人。しばし考え込んだのち、これはいわゆる逆ナンではないかと気づいて顔を赤くする。

(マジか。え、初めてだぞこんなの)

満更でもない気持ちで頬をだらしなく緩める悠人。好意を示されて悪い気はしない。だが今は傍らにアイヴィスがいる。悠人はいかんいかんと気を取り直し、

「悪いけど、僕は――」

お断りの言葉を口にしようとする。ふと横を見ると、

「……――」

アイヴィスの目がすっと細まる。

次の瞬間、アイヴィスの体がふっと沈み込んだ。

ズンという音が響く。アイヴィスが店員さんの体を蹴り上げたのだ。

「え？　え？」

殺気立ったアイヴィスを見て、事態についていけない悠人は間の抜けた声を上げる。

宙に浮く店員さんの体。その横っ腹に、アイヴィスの蹴りが叩き込まれる。冗談のような勢いで店員さんが水平に吹っ飛ぶ。道路の反対側、近所の公園を囲む石垣に激突して土煙が上がる。

悠人は裏返った声を上げた。

「アイヴィス⁉　いや、デレデレしてた僕も悪かったけど、これはやりすぎ――」

「ユート、私の後ろに回って」

てっきり悠人を咎める言葉が出てくるものとばかり思っていたが、アイヴィスの目は前を見据えて動かない。悠人はごくりと唾を飲み、石垣にめり込んだ店員さんとアイヴィスを交互に見比べた。

「ど、どういうこと？」

アイヴィスは答えなかった。

店員さんはぴくりとも動かない。これもしかして死んでるんじゃないかと悠人が本格的に心配し始めた頃、

「——ひっ」

思わず情けない声が漏れる。

店員の頭の皮が、ぱくりと裂けたのだ。頬を縦に破り、首筋にまで及ぶ割れ目からは、透明な液が滴っている。まるで割れた生卵のようで、気味の悪い光景だった。

「……ははは。ひどいなあ」

ひび割れた声は、コンビニ店員の女から発せられていた。

「なに？　これがリベルガスケット星の挨拶なの？」

その言葉を聞いて、ようやく悠人の頭が事態に追いつき始めた。悠人はアイヴィスに尋ねる。

「アイヴィス、ひょっとして」

「こいつは地球人じゃない。私と同じ」

アイヴィスは低い声で言った。ひび割れた顔の奥から声が聞こえる。

「なんで分かった？　完璧に地球人に扮していたと思うけど」

「この国の若者は、連絡先のことをメアドって言わない」

「なるほど。知識が古かったか」

コンビニ店員は――いや、コンビニ店員に扮した何かは、肩をすくめる。

「リベルガスケットの皇女が、こんな辺境の星でバカンスを過ごしているなんてね。よっぽどその男が気に入ったのかな」

何かは悠人をチラリと見た。悠人の背筋をぞわりと悪寒が走る。

アイヴィスが口を開く。

「私の前でユートを口説くなんて、いい度胸してるね」

「皇女でも嫉妬するのか」

「目的は何？」

「愚問。君の首を欲しがっている種族が、この銀河にどれだけいると思ってる」

何かはひらひらと手を振った。

「今日は帰るよ。また会おうね、皇女様」

「逃がすと思ってるの？」

アイヴィスが指先に力を込める。何かがせせら笑う。

「やめときな。荷物を抱えて戦えないだろ」

何かの暗い目が悠人を見据える。優斗の背筋がぞくりと総毛立った。

次の瞬間、バチンと風船が弾けるような音が響いた。何かが立っていた周辺に透明な汁が撒き散る。瞬きほどの時間で、何かは影も形もなくなっていた。

悠人はきょろきょろと辺りを観察する。目を凝らすと、水溜まりの横にどろっとした塊のようなものが落ちているのが見えた。アイヴィスが小さな声で言う。

「脱皮で逃げたか」

「脱皮？」

「自分の皮を脱ぎ捨てて、囮や武器として使える種族がいるの」

大きく息をついたあと、

「帰ろ、ユート」

アイヴィスが前を歩き出す。ビニール袋いっぱいの肉まんを抱えながら、悠人は小走りで追いかける。

アイヴィスはリベルガスケット星軍の長で、敵対する種族は多いと聞く。今の相手もアイヴィスを狙ってやってきたのだろう。そこまで思い至ったところで、悠人はふと引っ掛かりを覚える。

「ユート？　どうしたの」

「……いや、なんでもない。なんでもないんだけど」

先ほどの襲撃者。異星からの来訪者にして、アイヴィスの敵。

どこかで聞いたことのある声だった。

Nova 4. 好きになった理由なんて、ありませんよ

ご飯は「何を食べるか」より「誰と食べるか」の方が大事だと聞いたことがある。叶葉とハンバーガー屋に来ている今、悠人はその言葉の正しさを確信した。叶葉と一緒に食べるフライドポテトはどんな一流レストランの料理よりも美味しいと思った。

白鷺高校からしばらく歩いた場所にぽつんと位置する『マクタナルド』は幕田さんご夫婦が経営する小さなハンバーガー屋さんであり、出るところに出れば問題になりそうな名前も本人たちは「自分たちの名前を元に名付けた。ハッピーセット？ そんなもん知らん」と強硬に主張している。

古ぼけた店内にはハンバーガー屋らしからぬクラシックな音楽が響き渡り、木目調のテーブルには誰かがこぼしたコーラの跡が残っている。洗練されているとは言い難い雰囲気の店だが、さまざまなチグハグが絶妙に融合して不思議な味を出している。

「ハンバーガーって美味しいんですね」

向かい側に座る叶葉が、照焼きバーガーを手にして目を輝かせる。悠人は尋ねた。

「食べたことなかったの?」

「料理は料理人が作ってくれたので……」

一人暮らしで外食やスーパーの惣菜に頼り切りの悠人にしてみれば信じられない話である。叶葉は美味しそうにもむもむとハンバーガーを食べている。

「親が外食を嫌がるのです。父はこだわりの強い人ですから」

叶葉が苦笑する。唇の端にマヨネーズが付いているのがまた可愛いなあと思いつつ、悠人の頭をふと疑問がもたげた。

(そういえば、叶葉さんのお父さんってどんな人なんだろう)

日頃の叶葉の振る舞いを見るに、相当な金持ちというのは間違いない。どこか大きな企業の社長や、あるいは大地主だったりするのかもしれない。悠人は興味本位で尋ねた。

「叶葉さんのお父さんってどんな仕事してるの?」

軽い世間話くらいのつもりだったが、思いのほか叶葉のリアクションは大きなものだった。何度か咳き込んだあと、

「私の父ですか⁉ えっと、その……。自営業というか、社長? のようなものをやってます」

目が泳いでいる。ここまで動転した叶葉を見るのも珍しい。

「……嘘をつくのも不誠実だし……でも……」

「叶葉さん？」

何やらブツブツ言っている叶葉。真面目な顔をして悠人に向き直ったかと思うと、

「悠人さん」

神妙な面持ちで切り出した。

「私の父は、実は――」

その時、テーブルの上に置いた叶葉のスマホが震えた。叶葉は「ごめんなさい」と言ってスマホを耳に当て、

「あ、お父さん？　……うん、友達とご飯食べてます。……大丈夫だって、良い人だって話したでしょ。……分かった、いったん帰りますから……」

スマホを切り、深々とため息をつく叶葉。

「すみません。うちの父が早く帰ってこいと……。バイオリンの先生がもういらっしゃっているようで」

「いいよいいよ、行ってきな」

すみません、と叶葉が頭を下げる。鞄を持ち席を立った叶葉だが、

「あの、悠人さん」

去り際、おもむろに悠人の顔を覗き込む。

「明日、お時間ありますか」

「明日？　うん、一日空いてるけど」

「それなら」

叶葉はすうと息を吸い、

「一緒に、その。動物園に行きませんか」

叶葉はじっと悠人の目をのぞき込んでくる。無論悠人も嫌なわけはない、一も二もなく首肯しようとして、ふと、

（あれ？）

何かが頭に引っかかった。その原因に思い至り、戸惑いは一層深くなる。

（アイヴィス？）

どうしてここでアイヴィスの顔を思い出すのか。自分自身でも理由が分からず、悠人は目を瞬かせる。叶葉は不安そうに悠人の目を見た。

「悠人さん？」

慌てて現実に意識を戻す。悠人は猛烈な勢いで頷いた。

「もちろん大丈夫！　ぜひ行こう」

叶葉は花が開くようにパッと笑った。その笑顔を見ていると、悠人まで嬉しくなりそうだった。

脳裏をよぎったアイヴィスのことは、あえて考えないようにした。

叶葉が去ったあと、悠人は夢見心地でコーラを飲んでいた。

(デートかあ……へへへ)

頰が緩む。叶葉と並んで歩く自分を妄想していると、際限なく顔がだらしなくなっていきそうだ。だが、

——ユート。……私と結婚しよう。

再び脳裏に去来するアイヴィスの声。冷や水を浴びせられたように、浮かれた気持ちが冷静になっていく。

二股なんて最低だ。相手の好意を侮辱する、自分勝手な行いでしかない。かつて何の気なしに言った言葉が、そのままそっくり自分へと跳ね返ってくる。

「…………ごめん」

思わず謝罪の言葉がこぼれる。空になったコーラの器を手に、悠人はじっと黙り込んだ。結露した水が悠人の手を伝ってズボンの上に垂れる。と、

「ゆーうーとーくん」

ネッチャリとした口調で話しかけてくる男が、一人。おもむろに肩を組んできたのは、

「……一本木。なんでここに?」

悠人の友人にして白鷺高校一の女たらしこと、一本木進だった。

「日野とは順調か？　オイ」

一本木が顔を寄せてくる。「近い」と押し返し、

「見てたのか」

「そりゃもう。お前が締まりのない顔で日野とデレデレ話しているのを見るのは面白かったぜ」

最悪だ、と悠人は天を仰いだ。よりによってこの男に見られていたとは。一本木はどさりと反対側の席に座った。

近くに座る大学生くらいの女性たちがこっちをチラチラ見ているのに対して軽くウィンクしてみせたあと——お姉さんたちは「キャー！」と嬉しそうに黄色い悲鳴を上げた——一本木はこちらへ向き直る。

「神妙な顔してどうした。どうせ日野のことだろ？　女絡みなら相談に乗るぜ」

「そうじゃなくて。……いや、部分的にはそうだけど」

再び悠人は頭を抱えて考え込む。

いっそ素直に叶葉には事情を伝えるかとも思う。悠人が置かれた状況は特殊で、普通の二股とは事情が違う。「この子とも付き合わないと地球がなくなってしまうんだ、君のことは好きだけど、並行してこの子とデートすることは許してくれ」、とでも言って泣きついたら、果たして叶葉はどう反応するか。

（……バカにしてるのかって話だよなあ……）

逆の立場になって考えてみる。叶葉が悠人の知らないイケメンを連れてきて、「あなたのことは好きだけど、彼とも付き合いたいのです」と言われたらどう思うか。間違いなく地に頭を打ちつけて咽び泣くし、一週間は食事が喉を通らなくなる。叶葉が自分以外の男と仲睦まじく歩いているところなんて想像したくもない。

そしてそれは、今まさに悠人が叶葉にやっている仕打ちそのものなのだ。

赦されることでは、ない。

「ああ……おおおおお……」

「お前って気持ち悪いため息つくんだなあ」

こちらの気も知らず、一本木はチキンナゲットをマスタードソースまみれにしている。

「なに悩んでんだ？　って、まあ想像はつくけどよ」

一本木が顔を寄せる。

「いいか悠人。先輩からのアドバイスだ」

「お前は僕の同級生だろ」

「恋愛の、ってことだよ。いいか——」

一本木は低い声で、厳かに言った。

「——『君の家に行きたい』ってストレートに言え。余計なことはごちゃごちゃ考えずにな。

それが結局、一番成功率が高い」

「何の話？」

「あん？　セックスの誘い方だけど」

「性欲で脳みそが腐ったのか？」

一本木はコーラをストローでズゴゴゴと吸い込みながら、「コンビニか薬局に寄るのを忘れるなよ」と言い添えた。コンビニや薬局で何を買うのかは悠人には見当もつかなかった。

悠人が叶葉に対する誠実さを守りつつ、アイヴィスの望みを叶える方法。そんな都合の良いやり方があるのか、と言われれば、

（……明らかだ。全て丸く収まる方法がある）

難しい話ではない。

悠人が叶葉と別れて、正式にアイヴィスと付き合えばいい。そうすれば、叶葉に隠れて二股をすることなく、アイヴィスの望みを叶えて世界を守ることができる。

きっと、これが一番の落とし所だ。ことはもはや悠人個人の恋愛話の領域を超えている。地球そのものの存亡がかかっている今、悠人は人類のためにもアイヴィスと恋愛をするべきとすら考えられる。そして、そのためには叶葉との恋人関係は邪魔でしかない。

叶葉と別れるべきなのか。そこまで思い至ったところで、悠人の胸がずきりと痛む。

（無理だ。それだけは、無理だ）

悠人にとって、叶葉は人生で初めてできた彼女だ。のみならず、生まれて初めて好きになった女性でもある。いわゆる初恋だ。

中学生くらいになると、ませた同級生たちはぼちぼち付き合っただの別れただのという話をするようになってくる。悠人にとって、彼らは遠い世界の住人だった。恋愛がどういうものなのか、よく分からなかったのだ。

そして悠人は高校生になり、叶葉に会った。

最初のうちは、綺麗な人だな、としか思わなかった。たまたま文化祭の委員会で一緒になり、時々言葉を交わすようになった。次第に、用事がなくても話すきっかけを探すようになった。いつの間にか彼女の一挙一動から目が離せなくなって、ようやくこれが恋なんだと理解した。

深々とため息をつき、悠人は席を立つ。悩んでいても答えは出ない。重くてだるい体を引きずって、悠人は家路につく。

「で。日野の家にはもう行ったの」

「まだその話してるのか」

横を歩く一本木の言葉に、悠人はうんざりしてかぶりを振った。

「だって気になるじゃんよ。あの日野の家だぞ？　超がつくド豪邸だと見たね」

「まあ……広い家に住んでそうではあるけど」

叶葉と会話していると、折に触れて「専属の料理人」だの「運転手」だのという単語が出てくる。言葉の節々からもお嬢ぶりが推察できるというもので、豪邸に住んでいるのであろうことは想像にかたくない。

「使用人とか家政婦とかナチュラルにいそうだよな。見物したいわ。日野の家に行くときは俺にも声かけてくれよ」

「呼ぶわけないだろ」

アホなことを言い続ける一本木。だが友人の軽薄な言葉が、少なからず悠人の気分を軽くしたのは事実だ。

「心配すんなって。日野はお前がやることなら大抵は許してくれるだろうよ」

一本木がポンポンと悠人の肩を叩く。

まさかこいつ、僕を元気付けようとしたのか。そこに思い至り、悠人はぽりぽりと頬をかく。

赤表示の信号が変わるのを待ち、悠人と一本木は並んで立つ。と、そのとき、

「え？　なんだ？」

鳴り響く急ブレーキの音。突如悠人たちの前に次々と車が停車した。エンジンの排気音が大合唱を繰り広げている。悠人は思わず目をパチクリさせた。

「ここにいたか」

車の中から現れたのは、顎髭を蓄えた初老の男だった。上背があり、悠人よりも頭ひとつ身長が高い。浅葱色の着流しを身につけていて、悠人を睥睨する眼光は鷹のように鋭い。じろり

と目線を向けられ、悠人は思わず後ずさった。

男がおもむろに口を開く。

「君が進藤悠人くんか」

地の底から響くような声だった。「あ、はい。そうです」と間の抜けた答えを返す悠人。

「日野剛造だ」

極めて簡潔で短い自己紹介。悠人は引っ掛かりを覚えた。

(日野。……日野？)

ひょっとして、と嫌な想像が悠人の脳裏を駆け抜ける。男は頷いた。

「君のことは、常々叶葉から聞いている」

目の前の大男が何者であるか、悠人は薄々勘付いていた。できれば絶対顔を合わせたくない相手、知り合う前から嫌われること確定、世のあまねく彼氏にとって一番の天敵であるその存在は、

「もしかして、その。……日野叶葉さんの……」

「いかにも、父親だが」

やっぱり、と悠人は滝のような冷や汗を流した。脳裏をよぎるのは、先ほど叶葉と交わした世間話だ。

「叶葉さんのお父さんってどんな仕事してるの？」

「私の父ですか⁉　えっと、その……。自営業というか、社長？　のようなものをやってます」

あの時の叶葉が、彼女らしくもなく歯切れが悪かった理由が今なら分かる。

日野剛造が放つ威圧感はどう見ても常人のそれではないし、悠人の周りをいつの間にか取り囲んでいるスーツ姿の男たちも一様にガラが悪い。明らかに堅気ではなかった。

（……叶葉さん、ヤクザの娘だったのか……！）

叶葉の父親、剛造はくいと顎で車を示した。

「乗りなさい」

有無を言わせぬ口調だった。思わず悠人は震える声で尋ねた。

「な、なにか御用ですか？」

「君をうちに招待したい」

なんで？　と声に出しそうになり、慌てて口をつぐむ。おずおずと周りを見回すと、剛造の仲間と思われるお兄さんたちはやけに敵意のこもった視線を悠人へ向けている。

「……あれがお嬢の彼氏か……」

「……モヤシみてえな体しやがって。なんだってまたあんな奴を……」

「……俺たちが十六年間大事に大事に見守ってきたお嬢が、あんな訳の分からんガキに……」

漏れ聞こえてくる会話の詳細は不明だが、彼らが悠人に対して並々ならぬ敵意を燃やしていることだけは分かった。

悠人は一縷の望みを抱いて横に立つ一本木へと顔を向けた。

「あのさ一本木。さっき、叶葉さんの家に行ってみたいって言ってたよね？　僕と一緒に」

「わりぃ、今日は帰国したキャビンアテンダントのモエカさんとデートなんだ」

こいつとの友情は今日限りだな、と悠人は思った。

車の扉が開く。一足先に中に乗り込んで手招きしてくる剛造を前に、悠人はただ、ゆっくりと頷くことしかできなかった。


黒塗りの高級車に乗せられ車に揺られること数十分、生きた心地がしない悠人は「ここだ」と声をかけられ、車を降りた。日野家の玄関を見た悠人は思わず目を丸くした。

（ごっ……豪邸……！）

悠人の背よりも高い塀が見渡せないほどに連なっており、江戸時代の城のような門を潜ると白砂が敷き詰められた庭園が見えた。家というより屋敷と呼ぶべき佇まいの建物に入ると、女中さんというか家政婦さんというか、とにかくそういう感じの女性たちがずらずらと現れて頭を下げた。

下手な小学校くらいの広さがあるんじゃないかという屋敷の中を歩く。先頭を切って進むのは剛造で、悠人はその後ろについて歩く形だ。そして悠人の後ろには、半眼になったガタイの良いお兄さんたちがピク●ンよろしくぞろぞろついてくる。

しばらく歩くと、悠人は畳の敷かれた部屋に通された。部屋の隅には小粋な壺と掛け軸がありいかにも古き良き和室という風だが、その横にはなぜか日本刀も一緒に置かれていて異様な圧迫感を放っている。

座布団を勧められ、おっかなびっくり部屋の片隅に正座する。悠人に相対するように、剛造はどかりと腰を下ろした。また剛造と悠人を取り囲むように、血の気の多そうなお兄さんたちが数十人ほどあぐらをかいて座り込んでいることも触れておかなくてはいけないだろう。

「茶を用意させよう。良い葉がある」

「あっはい。ありがとうございます」

悠人はペコペコと頭を下げた。あれよあれよという間に叶葉の実家へと連れてこられ、いまだに頭がついてきていなかった。だが一方で、目の前の大男の機嫌を損ねたら大変なことになるであろうことは、混乱した頭でもよく分かった。

ややあって着物姿の女性が茶を運んできた。悠人の前にわずかに湯気を立てた抹茶が置かれる。剛造はもったりとした動作で茶碗に口をつけた。

「どうした。飲まないのか」

「あ。いえ。いただきます」

ずずと茶を飲み込む。良い茶葉らしいが、はっきり言って味なんてさっぱり分からない。

その辺のコンビニで売っている麦茶を代わりに出されても、今の悠人には区別なんてつかないだろう。

剛造が手にする抹茶茶碗は独特な形で歪んでいて、色もくすんでいて泥のようだった。悠人には全然分からないが、ああいうのが「通好み」なのだろうか。

「どうした。気になるものでもあるのか」

「あ、いえ。素晴らしいご趣味の茶碗だなと思いまして」

なぜか周囲のお兄さんたちがざわめいた。剛造が「ほう」と低い声を出す。

「なるほど。叶葉が選ぶのも理由はあるようだ。良い目をしている」

「いえいえ。ははは、そんなそんな」

どうやら期せずして、茶碗を褒めるのは「正解」だったらしい。悠人は引きつった愛想笑いを浮かべる。

「この茶碗はな、まだ五歳の叶葉が作ったものだ。誕生日プレゼントとして渡された」

「へ、へえー……」

「パパにあげる、と言われてな。分かるか？　五歳の叶葉が、他ならぬ私のために、小さな手を一生懸命動かして、作ってくれたのだ」

「な……なるほど」

「以来、毎日愛用している。この茶碗で飲めば、腐った紅茶でも玉露に等しい」

紅茶はティーカップで飲めよと一瞬思ったが、口に出した瞬間に舌根を引き抜かれそうなので悠人は黙っておいた。

剛造は抹茶を飲み干したあと、天井を仰いで「ふうー……」と長いため息を満足げに吐いた。

「お代わりを頼む」と女中さんに茶碗を渡したあと、剛造はおもむろに口を開いた。

「進藤悠人くん。今日は折り入って、君に聞きたいことがある」

「は、はい。なんでしょうか」

「叶葉と付き合っているというのは本当かね」

剛造がそう言った瞬間、悠人は部屋の温度が一段下がったような気がした。肌を刺す冷気が全身を包む。それだけではない。こちらを見据える剛造の目は爛々と鋭く輝き、まるで首元に刃を突きつけられたような圧迫感を悠人は覚えた。

「——。はい、先日からお付き合いさせていただいてま」

そこまで言ったところで、おもむろに悠人の横を何かが物凄いスピードで通り抜けていった。振り返ると、まるでダーツの矢のように壁に短刀が突き刺さっていた。

「チッ！」

派手な舌打ちをしたのは悠人たちの周囲に座るお兄さんの一人だ。彼はサングラスの奥の目を憎々しげに歪めていた。

「蓮見ィ。カタギの人に手ェ出すな」

「はい。すみません、会長」

「俺が良いと言うまでは、な」

剛造が含みのある口調で言った。悠人は自分が生命の危機に瀕している真っ最中だということを自覚せざるを得なかった。

「若い男女が付き合うのは自然の摂理だ」

剛造はお代わりのお茶を旨そうに啜っている。

「私も若い頃は色々と遊んだ。振った女に刺されそうになったこともある。それも男の勲章だと笑っていたから、また救いがたい」

だが、と剛造は言葉を繋いだ。

「自分の娘となれば話は別だ。大事に大事に育ててきた娘が、何処の馬の骨ともしれない男に口説き落とされたとくれば腹も立つし――」

その馬の骨って僕のことですかね、とはとても言える雰囲気ではなかった。

剛造は底冷えのする声で言った。

「その男が娘を誑かそうとしているなら、刺し違えてでも娘を守らなければならない」

この男の場合、刺し違えるというのは文字通りの意味なんだろうな、と悠人は冷や汗をドバドバ流した。部屋の隅に置かれた日本刀くんが日の光を受けてギラギラ光っている。

「悠人くん。見ての通り、うちはしがない自営業だ。ここにいる連中はみな私の舎弟――もとい部下で、腕っ節しか自慢がない者ばかりだ。どこにでもあるような中小企業だよ」

「いやどう見てもヤ――」

「だが、どの社員もみな、叶葉を本当の娘のように思ってくれている。この結束力の強さは、どんな企業にも負けないと自負している」

「つまりヤク――」

「叶葉を守るためなら、誰もが身を投げ出す覚悟だ。短刀も拳銃も、我々を止めることはできないだろう」

「要するにヤクz――」

「悠人くん」

剛造がゆっくりと立ち上がった。畳の上を歩いてくる剛造は、まるで仁王像のような迫力を伴っていた。

「叶葉は君を好いているようだ。親としてはその気持ちを尊重したい。あまり娘の恋愛に口を出していると、『お父さんは口うるさいから嫌いです』と娘が口を聞いてくれなくなるからな」

日野家のパワーバランスはどうやら娘が上らしい。

「不本意だが、叶葉が望むなら君との交際は認めざるを得ない。だが……」

剛造が悠人の前で立ち止まる。あまりの威圧感に悠人は茶碗を落としそうになった。

「覚えておきたまえ。叶葉を泣かせたら、私たちは容赦しない。必ず、報いを受けさせる」

「む……報いとおっしゃいますと？」

「この季節、東京湾の水はまだ冷たいだろうな」

沈める気か？　と悠人は察した。

「今日はそれを伝えたかった。わざわざ来てもらって悪かったね。送りの車を出させるから、乗って帰りなさい」

部屋を去る剛造。その後ろ姿を、悠人は腰を抜かして見送ることしかできなかった。

自宅の部屋に戻るなり、悠人はベッドの上にぼさりと倒れ込んだ。疲労で体が動かなかった。頭の中を、先程の剛造の言葉がぐるぐると旋回する。

――叶葉を泣かせたら、私たちは容赦しない。必ず、報いを受けさせる。

とんでもない親バカである。あんな父親がいるとあっては、そう簡単には「アイヴィスと付き合いたいから別れよう」なんて言い出すことはできない。下手を打てば悠人の命が取られてしまう。

脱皮後に残された蛹の抜け殻のように微動だにしないことしばらく、突如窓ガラスをガンガン叩く音が耳に飛び込んできた。

「ユートー！　いるー!?　私だよー！」

アイヴィスだ。窓の外で楽しそうに叫んでいる。こっちの気も知らずにお気楽なものだ。あまりに窓ガラスから不法侵入されることが多いので、最近は諦めて鍵をかけないようにしていた。

部屋に入ってきたアイヴィスの手には、肉まんの詰まったビニール袋が提げられている。アイヴィスは喜色満面だった。

「一緒に晩ご飯食べよーよ、用意してきたから！」

果たして肉まんを数十個購入することは晩ご飯を用意すると言って良いのか微妙なところだなと思ったが、あまり余計なことは言わない方が良いとこれまでの経験から悠人は学んでいた。テーブルを挟んで向かい合い、肉まんをぱくぱく美味しそうに食べているアイヴィスを眺める。悠人の手にもまた肉まんがあるが、どうも食欲がなかった。

アイヴィスとも叶葉とも別れられない。アイヴィスと別れれば「地球がパーン」するし、叶葉と別れれば剛造が悠人を東京湾のお魚のエサへと変えてしまうだろう。もはや残された道は、不義理と知りつつ二人の少女の気持ちを弄ぶしかないのか。

いっそ開き直って、この状況を楽しんでしまうか。叶葉もアイヴィスも、容姿に関して抜群で、しかも悠人を好いてくれている。彼女たちと交際できると言われれば、我先にと手を挙げる男も多いはずだ。

（……ダメだ。何考えてるんだ、僕は）

叶葉もアイヴィスも、自分を信じてくれている。二股をかけることはつまり、彼女たちの好意に唾を吐くに等しい。

二股を楽しむなんて真似は、自分にはできない。

堂々巡りを続ける思考。ふとアイヴィスの声が聞こえた。

「ユート？　食べないの？」

「……あ、うん。ちょっと、考え事してて」

慌てて肉まんに口をつける。アイヴィスは黄色い声を上げた。

「物憂げなユートもかっこいいね。見惚れるなぁ」

「そっすか」

「写真撮ってみんなに自慢していい？」

「恥ずかしいんでやめてください」

スマホを構えたアイヴィスはパシャパシャと自撮りを撮っている。ついこの間スマホを買ったばかりだというのに、今やすっかり使いこなしている様子だ。地球への順応が早い。

「インスタのフォロワー増えてきたんだよね」

アイヴィスのアカウントは悠人も覗いたことがある。無数の肉まんに囲まれてピースサインをするアイヴィスの写真は相当にシュールな代物だったが、コメント欄には「可愛い」「どこの店ですか？」などなど、スクロールし切れないほどのメッセージが届いていた。すっかり人気インスタグラマーの体である。

「色んな人から反応が来るのは面白いけどさ。フォロワー増えると、変な男に絡まれることもあってウザいね」

アイヴィスは頬杖をついてため息をついた。それ自体はよく聞く話で、アンチの粘着やストーカーの騒ぎは時々耳にする。

もっともアイヴィスに関しては心配ないだろう。ストーカーに襲われたところで、彼女なら瞬く間に相手をボコボコにできる。悠人の脳裏には麩菓子のようにむしり取られた体育館のゴールリングが浮かんでいた。

「ユートはファンの女の子が寄ってきて困ったこととかないの？」

「ないよ。ファンなんていたこともない」

「えー？　嘘だあ、こんなにかっこいいのに」

スマホを構え、「ユート、キメ顔でカメラ見て」なんて注文をしてくるアイヴィス。悠人は無視して黙々と肉まんを咀嚼した。

「じゃあさ」

なんでもない風にアイヴィスが言う。

「あの子は？　ヒノ・カナハ」

悠人の背を冷や汗が伝う。平静を装い、なんとか肉まんを喉の奥に押し込む。

（……何か気付いたのか？）

アイヴィスの顔を見ると、アイヴィスは真顔でじっと悠人の目を見据えてくる。

「あの子、ユートと距離近いよね」

「そ、そうかな。そうでもないと思うけど」

「ユートのこと好きなんだと思うよ」

なんでこう叶葉といいアイヴィスといい、他の女性の気配に敏感なのだろうか。悠人は顔が引きつらないように気をつけ、平静を装った。

「勘違いさ。かな……日野さんはモテるんだ、わざわざ僕を選ぶ理由がない」

「選ぶ理由はあるでしょ。ユートかっこいいもん。顔しか見てない変な女が寄ってきても、全然変じゃない」

それは君基準の話であって僕はお世辞にもイケメンではないよ、と口を開こうとする。だが突然スマホから着信音が響き、悠人は言葉を呑み込んだ。表示された名前は『日野叶葉』。

（――マズい）

悠人の顔から血の気が引く。こんな風に電話がかかってくること自体は恋人同士だしこれまで何度かあったが、今は目の前にアイヴィスがいる。アイヴィスの目の前で叶葉と電話越しにイチャイチャするわけにはいかない。

「ユート？　電話鳴ってるよ」

「ああ、いや大丈夫。多分セールスだから」

悠人はそそくさとスマホをポケットにしまった。だがアイヴィスは不審そうな顔をしている。

「長いね」

電話音が部屋の中に響き渡る。悠人の心臓がバクバク脈打つ。一コールごとに室温が下がっていくような気がした。

「ユート、携帯貸してよ。セールスなら私が撃退してあげる」

悪気ない口ぶりでアイヴィスが手を差し出す。だがもちろんスマホを渡すわけにはいかない、なにせ画面には叶葉の名前がデカデカと表示されているのだ。悠人は猛烈な勢いで首を横に振った。

「大丈夫大丈夫！　そのうち諦めるから！」

そうかな、と納得いかなさそうな顔で手を引っ込めるアイヴィス。頼む早く切ってくれ、と悠人は祈った。

永遠にも思える時間のあと、コール音は止んだ。耳に痛いほどの沈黙が訪れる。悠人は空々しく声を上げた。

「さ、さて！　肉まんを食べようか！　温くなっちゃうからね！」

「……うん」

わずかに眉根を寄せるアイヴィス。ほんの少しだけ疑念の入り混じった視線を振り払うように、悠人は冷めた肉まんを頰張った。

「ごめん！　どうしても手が離せなくって……」

「いえ、大丈夫ですよ」

翌日。叶葉と顔を合わせるなり、悠人は猛烈な勢いで頭を下げた。叶葉は気にした風もなく笑っていたが、浮気を露も疑ってなさそうなその笑顔が、悠人の罪悪感を深くかき立てた。

「それより、早く行きましょう。昨日は楽しみで寝られなかったんですよ、私」

「う、うん。そうだね」

悠人と叶葉は都内の某動物園へと来ていた。週末ということもあってか人出は多く、親子連れや若いカップルがあちこちを歩いている。

動物園へ行きたい、というのは叶葉の発案だった。入口を入って少し歩くと、この動物園の「顔」とでも言うべき動物の姿が見えてきた。白黒模様の体毛に、ずんぐりとした体格。パンダである。

パンダの檻の周りには人だかりができている。のんびりと腹這いになってマイペースに笹をもしゃもしゃしているパンダくんを、叶葉は熱っぽい目で見つめていた。

「はあー……。かっわいい……」

目がキラキラしている。食い入るようにパンダを見る叶葉に、悠人は話しかけた。

「パンダってなんで白黒なんだろうね。目立っちゃう気がするけど」

「それはですね、パンダ——正確にはクマ科ジャイアントパンダは元来雪の降る地域に暮らしていて、雪原の上で隠れるには白黒の体毛の方が都合が良かったからと言われています。また太陽光を効率よく吸収して熱に変換するために、一部の体毛が黒くなったんじゃないかという考えもありますね」

叶葉が早口でまくし立てる。思ったよりガチな答えが返ってきたので、悠人は「そ、そうなんだ……」としか言えなかった。

叶葉いわく、パンダを含めこの動物園にいる動物の情報はツイッター、および公式ブログで日々発信されており、叶葉は欠かさずチェックしているらしい。

「このパンダは先日、三年振りに他のパンダと交尾をしたんです。パンダの発情期ってすごく短くて交尾もタイミングがなかなか合わないんですけど、鳴き声をよく上げるとか体の臭いをあちこちにこすりつけるとか、そういう行動をしていると発情期だって判断できるみたいですね。この動物園のパンダたちも数週前から発情期の兆候が見られて、バッチリ交尾が確認できたらしいです」

プライベートな交尾事情を一介の女子高生にまで詳細に把握されているパンダくんもなかなか気の毒だなと悠人は思ったが、当のパンダはごろごろ日向ぼっこをしている。

「動物、好きなの？」

悠人がそう尋ねると、叶葉はびくりと肩を震わせた。

「な、なぜそれを？」

「いやだって、明らかに詳しいし」

そう指摘すると、叶葉は指先で髪をくりくりしながら恥ずかしそうに言った。

「実は、動物園に行くのが好きなんです。ここも何度か来たことがあります。これまではずっと、一人で来てました」

だから、と叶葉は続けた。

「悠人さんと来られて、すごく嬉しいんです。一緒に動物園に行く夢が叶いました。その……彼氏、と……」

叶葉はわずかに頬を染めて上目遣いにこちらを見てくる。悠人はその辺を歩いている人を手当たり次第に捕まえて「ねえ僕の彼女見てくださいよ！　めっちゃ可愛くないですか⁉　ねえねえねえ！」と声をかけて回りたくなった。

パンダを堪能することしばし、満足げな顔で鼻息を荒くする叶葉が次に向かったのは猿山だった。円形の広場には巨大な岩が鎮座して、その周囲をニホンザルたちがぐるぐる回っている。岩山のふもとではポコポコお互いを殴り合って喧嘩している猿もいて、キャーキャーと鳴き声が賑やかだ。

「かわいいー……かわいいぃー……！」

柵の向こう側へと落ちそうなくらいに身を乗り出して猿たちを眺める叶葉の目は完全にハー

トマークになっている。一匹の猿が「ウキャ？」と不思議そうな顔をして叶葉を見上げていた。

叶葉と並んで猿たちを眺めることしばし。他の来客に混じって猿を見ていた悠人だが、周囲の親子連れが突然そそくさとその場を離れ出した。

「おかあさーん。あのお猿さん何してるのー？」

「なんだろうねえ。他の動物見に行こっか」

「おかあさーん。お猿さんがお尻カクカクしてるよー」

「シッ！　見ちゃいけません！」

悠人は彼らの視線の先にあるものを見て、事情を察した。猿山の一角で、メス猿の腰をつかんだオス猿が猛然と腰を振っている。交尾が始まったのだろう。

猿を指差してくすくす笑うカップルもいれば、気まずそうに目を逸らす若夫婦、汚れのない目で不思議そうに猿を見る子どもと、観客の反応は様々だった。衆人環視の中でもオス猿は腰の速さを緩めず、というかどんどん加速してガンガン腰を動かしている。

悠人はちらりと横目で、いったいどんな反応をしてるだろうと叶葉を見た。

「はー……交尾するお猿さんもかわいーぃ……」

わずかに息をハアハアさせる叶葉を見て、あっこの子ちょっと変だぞ、と悠人は思った。交際一ヶ月を過ぎて初めて得た気づきだった。

「コト」を終えて満足げな顔をして座り込み空を見上げるオス猿。分かる分かる一仕事終えるとそういう感じになるよな、まあ僕は君と違って異性と一戦交えたことはないけどね、と悠人は妙な共感を覚えた。

一方のメス猿は と言うと、驚いたことに、

「う、うわー……」

また別の猿と交尾を開始していた。悠人の口から思わずうめき声がこぼれる。

「なんかこう、手当たり次第って感じだね」

「驚くことではないですよ。ニホンザルは乱婚の文化ですから」

「ランコン？」

「特定のパートナーを持たず、様々な個体が入り乱れて生殖活動を行うことです」

それはなんか嫌だな、と悠人は眉をひそめた。人間に置き換えるとつまり、結婚や恋愛が存在せず、年頃の異性がくっついては離れるということだろう。純愛主義、一度付き合ったら最期まで添い遂げることを理想とする悠人とは相容れない文化である。

「生物全体で見ると、人間のように一対一でパートナーを持つ生物種はすごく珍しいんです。哺乳類の中でもごく数パーセントに過ぎなかったはずですよ」

「へえ……」

「私は人間のやり方が好きですけどね」

叶葉の解説を聞き、ふと悠人の胸に素朴な疑問が去来する。

単純に子孫を残すという意味では、人間のように特定のパートナーだけを選ぶやり方より、ニホンザルのような乱婚の方が有利というのは悠人にも想像がつく。

そう考えると、一つの考えに行き着く。つまり、

（なんで、人間は一人の相手を選ばなきゃいけないんだ？）

生物種として繁殖する効率を捨ててまで、なんで人間は愛を唄うのか。降って湧いた疑問に、悠人は答えられない。

（……なに馬鹿なこと考えてるんだ、僕は）

悠人はかぶりを振った。子供を残しさえすればいいというものではない、人間を猿やパンダと比べること自体に無理がある。

「悠人さん？　どうしましたか？」

叶葉が不思議そうにこちらの顔をのぞき込んでくる。悠人は頭を横に振った。

「なんでもないよ。ちょっとぼーっとしてただけさ。行こうよ、叶葉さん」

「はい」

前を歩く叶葉は子どものようにはしゃいでいる。スキップでも始めそうな口ぶりで叶葉は言った。

「悠人さん、ソフトクリームも売ってますよ。並びましょう」

悠人の手を引き、楽しそうに歩き出す叶葉。その横顔を見て、やっぱり僕の彼女は可愛いな、

と悠人はしみじみ思った。

動物園を出たらもう昼時だった。さてこのあとどうするかと首をひねる悠人だったが、叶葉は何食わぬ顔で、

「良かったら、このあとうちに来ませんか？」

と悠人を誘った。悠人は思わず目をむく。脳裏を光速でよぎるのは以前の一本木との会話である。

――『君の家に行きたい』ってストレートに言え。余計なことはごちゃごちゃ考えずにな。それが結局、一番成功率が高い。

（えっ？　これそういうお誘いか？　いやいやいや、そんな馬鹿な、早すぎるぞ⁉　もちろんそういう関係にもゆくゆくなれたらなあなんて思っちゃったりしたことがないとは言えないけど、僕たちまだ高校生だし付き合って日も浅いし、心の準備がガガガガガ）

やにわに悠人の心臓が早鐘を打つ。パニックに陥る悠人だが、叶葉がはっと何かに気づいたように慌てて手を振った。

「ち、違いますよ⁉　私の家、近いので！　お茶でもお出ししようかと！　思っただけです！」

顔を真っ赤にして手をブンブン振る叶葉。「そ、そっか。そりゃそうだよね」、と悠人は納得

して胸を撫で下ろした。少し残念なのも否定できない事実だが、叶葉の家にはよく考えたら怖いお兄さんたちがいっぱいいるし、あの親バカな父もいる。どのみち悠人が期待したような事態にはならないだろう。

バスを乗り継ぎ、街中を歩くことしばし、以前にも見た日野家の屋敷が見えてきた。悠人はぽつりと漏らす。

「相変わらずすごい豪邸だなあ……」

「え？　悠人さん、うちに来たことありましたっけ？」

「ああいや、もちろん初めて来たよ。いやあ大きな家だね、お父さんはきっと成功した実業家か何かなのかな？」

「いえ。ちょっと、自営業の社長的なものを……ところで、悠人さんは紅茶とコーヒーはどちらがお好みですか？」

この話題はおしまいだとばかりに叶葉は強引に話題を変えた。悠人としても日野家のシノギ、もとい仕事内容の話は深掘りすると後が怖いので、特に追及しないことにした。

玄関で女中さんに靴を預け、木板の敷かれた縁側を進む。前を歩く叶葉の後ろ髪が、風に吹かれてさらさらと揺れていた。しばらく進むと、屋敷の奥にある一部屋に通された。広い和室で、部屋の中には机や本棚がぽつぽつと置かれている。

「私の部屋です。座ってください」

叶葉にそう言われ、悠人はごくりと生唾を飲んだ。同年代の女の子の部屋に来たのは、人生で初めての体験だった。

「少し待っててくださいね」と叶葉が席を外す。悠人は座布団の上に尻を置きながら、そわそわと部屋の中を見回しては落ち着かない時間を過ごした。

しばらくすると、叶葉が湯気の立つマグカップを手にして戻ってきた。コーヒーを淹れてきてくれたらしい。

悠人は基本的にバカ舌で、コーヒーなんて全部一緒の味にしか思えなかった。だが叶葉が持ってきたホットコーヒーに口をつけた悠人は、思わず目を丸くした。

「――美味しい」

「良かったです」

畳に正座して、叶葉は薄くはにかむ。苦味の中に潜む旨味が徐々に顔を出し、舌の上に広がっていく。こんな美味しいコーヒーがあったのかと悠人は二口目を飲んだ。

「コーヒーを淹れる練習をしておいて良かったです。豆の選び方も勉強したんですよ、私」

胸を張る叶葉。彼女が自分でそう言うからにはそれなりの努力をしたのだろう。僕の彼女はドヤ顔も可愛いなあ、と悠人は思った。

（それにしても……）

叶葉の能力の高さには驚かされる。彼氏の贔屓目だけではない、あらゆる分野に秀でた叶葉はその才能を示すように、高校生にして数々の業績を上げている。それは部屋の中に飾られたいくつもの賞やトロフィーからも明らかだ。

「叶葉さんはさ」

「はい、なんですか」

「僕のどこが好きなの？」

ぽろりと素朴な疑問がこぼれ出た。

片や学校一の、いや日本有数の才女。片や、大した取り柄もない平々凡々な男子高校生。釣り合っていない、と思われても仕方がないだろう。

しんと沈黙が続く。はっと我に返り、悠人は慌てて首を振った。

「ごめん、なんか変なこと聞いちゃって」

はははと苦笑いをしてみせる。

叶葉は自分のどこを好きになったのか。これはかねてから悠人が疑問に思っていたところだが、一方で答えを聞くのが怖かったのも事実だ。叶葉の魅力に釣り合うような長所は、悠人自身にも思い当たるところがない。もし叶葉が、

「え？　いや、なんとなくですけど」

とか、

「貢いでくれそうだったので」

とでも答えてきたら、悠人は落ち込んで眠れなくなるだろう。

叶葉は手に持ったカップをそっと盆の上に置いた。背筋を伸ばして悠人の顔を見据える叶葉は相変わらず綺麗だが、一方でわずかに怜悧な雰囲気になっていた。

「好きになった理由、ですか」

叶葉は小首を傾げた。そののち、にこりと笑う。

「ありませんよ。そんな無粋なものは」

悠人は目をぱちくりさせた。叶葉は相変わらず穏やかな口調で続けた。

「悠人さんはありますか？　私を好きになった理由」

問い返され、悠人はしどろもどろになりながら答える。

「えっと、うーん……。いっぱいあるというか、むしろあり過ぎて答えられない」

「たとえば？」

「優しいところ、穏やかなところ、頭がいいところ、スポーツ万能なところ、とか」

「それは『今、私の好きな部分』ですよね。『好きになった理由』とは違うと思います」

だって、と叶葉は続ける。

「もし悠人さんの目の前に、優しくて、穏やかで、頭が良くて、スポーツもできる女性が現れたとして、悠人さんは私からその人に乗り換えてしまいますか」

「まさか！　絶対にあり得ない」

「そう言ってもらえて、私は嬉しいです」

叶葉は再びコーヒーを口に含んだ。

「私は悠人さんのことは全部が好きです。笑顔が可愛いところとか、美味しそうに食べ物を食べるところとか、優しいところとか、全部です」

悠人の顔が、ヤカンのお湯のように熱くなった。

「でもそれは、悠人さんのことだから好きなんです。他の男性に同じように接されても、私は気持ち悪いとすら感じるかもしれません。あばたもえくぼ、とはよく言ったものです」

（ん？　これって僕実は悪口言われてる？）

茹だった頭の隅でそんなことを考えたが、悠人の頭はすでに冷静な思考力を完全に吹っ飛ばしてしまっている。

「私には悠人さんのここが好き、という部分はありません。あなたという人そのものが、理由もなく、でもどうしようもなく、好きなんです」

心臓が止まるかと思った。叶葉にここまで真っ直ぐに好きと伝えられた記憶は、悠人にはない。

ずっと不安がつきまとっていた。誰が見ても不釣り合いな二人。瓢箪に釣鐘。美女と野獣。美女を射止めた野獣は嬉しいだろう。だが、野獣に引っかかった美女の側は、果たしてどう思っているのか。

そんな悠人の不安を、叶葉は一刀で両断した。

「ただ、きっかけはあったかもしれません。ささいなことではありますが」

叶葉は少し間をおいて、悠人の顔をのぞき込んだ。

「悠人さん。あなたは滅多に『好き』という言葉を使いません。気づいていますか」

「僕が……？」

あまり意識したことはなかった。首をひねり、

「だってそれは……。好き、なんて軽々しく口にすることじゃないし」

「それですよ」

叶葉が嬉しそうに笑う。一方の悠人はぽかんと口を開けるしかできない。

「あなたの『好き』は重いんです。何度か話して分かりました。この人は、自分の言葉と感情に誠実な人だと」

そうなのかな、と悠人はつぶやく。自分では考えたこともないことだった。

「好き、と口に出すことは誰にでもできます。けれど、口先だけの『好き』を言わない、というのは誰にでもできることではありません」

叶葉の言葉を咀嚼するのに、少し時間が必要だった。

「あなたに好きだと言われた時、私は嬉しかった。この人の『好き』という言葉は、一生を共にするに値すると思ったからです」

悠人は何度か唾を飲んだあと、おずおずと言った。

「……あの、叶葉さん。一生を共にするというのは、その、け、けっこ、コケ、ケッコンも――」

コケ、ケッコ、ケッコンと意味のないことを繰り返し、突如ニワトリと化す悠人。だがそれを聞いた叶葉は、

「―――ッ」

これまでの涼しい顔が嘘のように、顔を真っ赤にした。

「ち、違います！　言葉の綾というか！　いや違いませんけど！　そんな、結婚なんて！　まだ高校生ですから！　したいかと言われれば、それはもちろん！　やぶさかではないですけど！　やぶさかではないですけどもッ！」

叶葉の顔は湯気でも出そうな状態だった。「あわわわ」と頬に手を添えて黙り込む叶葉を見て悠人は、

（……この子は、本当に、僕のことを好きでいてくれてるんだな）

嬉しかった。叶葉がそこまで自分を愛していると知って、芯から喜びが湧いてくる。

だがその中には目の逸らしようもない罪悪感も漂っていた。理由は明らかだった。

（こんな良い人と付き合っておいて、僕は――）

アイヴィス。宇宙からの来訪者。地球への侵略者、あるいは悠人を許嫁と信じて止まない

女の子。

進藤悠人は、彼女たちからの好意を裏切っている。

自宅へと帰ってきた悠人を出迎えたのは、玄関で嬉しそうに「おかえり、ユート！」と笑うアイヴィスだった。そろそろ不法侵入と咎める気も失せてきた悠人は、「ただいま」と短く言葉を告げる。

「ご飯にする？　お風呂にする？　それとも私？」

「……どこで覚えたのそれ」

「こう言うと人間の男の人は喜ぶってネットに書いてあったよ」

どんどん間違った知識を身につけつつあるアイヴィスだった。

「とりあえず、シャワー入るよ」

悠人は脱衣所に向かった。だがシャツに手をかけたところで、アイヴィスが扉の隙間からこちらをのぞいていることに気づく。

「どうしたの？」

「ユート、帰ってくるの遅かったね。どこか行ってたの？」

ごくりと唾を飲む。叶葉とデートに行っていました、と馬鹿正直に答えるわけにはもちろんいかない。悠人は努めてなんでもない風を装い、

「友達とマクタナルドで駄弁ってたんだ。いつの間にか時間が過ぎちゃってね」

「そっか。ご飯の用意はしてあるけど、食べられそう？」

「もちろん。急いでシャワー浴びるよ」

待ってるね、とアイヴィスが扉を閉める。悠人は小さく息を吐いたあと、緩慢な動作で服を脱ぎ始めた。

アイヴィスが鼻歌を歌いながらレンジに肉まんを放り込んでいる音がする。悠人がさっきまで別の女とデートしていたと知ったら、果たしてアイヴィスはどんな反応をするのだろうか。考えるだけで胸が疼いた。

最初の頃は自分を誤魔化す余裕もあった。押しかけてきたのはアイヴィスの方で、悠人は被害者でしかない。地球を人質に交際を強要してきたのはアイヴィスなのだから、そもそも悠人が浮気したと責めるのも筋違いだろう。そう自分自身に言い聞かせてきた。

だが、その誤魔化しも限界に来ている。たとえアイヴィスがどれほど理不尽な宇宙からの来訪者だったとしても。彼女が心底悠人に惚れてくれていることは、間違いのない事実なのだから。

シャワーを浴びている間、ずきずきと頭痛がした。ざわつく心を沈めるように、何度も自分自身に言い聞かせる。

（……折れちゃダメだ）

悠人は叶葉とアイヴィスの二人を騙している。好意を踏みにじっている。しかしどちらかを選ぶことができない以上は、せめて優しい嘘を吐き続けるしかない。

本当に？

「……ごめんなさい……」

罪悪感で潰れそうになる。悠人の中の倫理観が、自分自身を責め上げてくる。

二股がこれほどの精神力を必要とするとは思わなかった。一本木あいつすごいな、と空虚な苦笑いがこぼれた。

排水口に吸い込まれる水を見つめる。自分の思考までもが、底のない場所へと飲み込まれていくような気がした。

悠人の背中を玄関で見送ったあと、叶葉は屋敷の一番奥にある自室へ戻った。廊下を歩いていると、自分の頬が思いのほか火照っていることに気づく。パタパタと手で仰いでみても、熱を持った肌は一向に冷める気配がない。

叶葉はくすりと笑った。悠人と話す時はいつもこうで、後になって自分が緊張していたことに気づく。

——叶葉さんはさ。僕のどこが好きなの？

悠人の質問を聞いて思い出したのは、初めて彼に好きだと言われた時のことだった。

実は叶葉は一度、悠人の告白を断っている。

好ましい人だとは思っていたし、悠人のことが男性として好きだという自覚もあった。好きだと言われた時、舞い上がってつい首を縦に振りそうになった叶葉を押しとどめたのは、家庭のことだった。

（迷惑をかけてしまうから）

父親が反社会的な職業を営んでいることについて、今更どうこう言う気もない。母親が夭逝した中でよく面倒を見てくれたし、少なくとも自分にとっては良い父親だった。

ただ、叶葉が男と付き合うとなれば話は別だ。彼女の父親が極道と聞いて喜ぶ男はいないだろう。色々と気苦労もかけるに決まっている。

自分は誰かを好きになったり、付き合ったりしない方が良い。叶葉はそう考えていた。

告白を断った時の悠人は、見ていて気の毒なほどにショックを受けていた。叶葉は言い訳をするように言った。

「ごめんなさい。あなたのせいではないんです。……私の家の問題ですから」

踵を返し、足早に歩き出す叶葉。だが、

「……悠人さん？」

その腕を、悠人がつかんだ。想像以上に強い力だった。

「――ぼ、僕は」

悠人はしどろもどろだった。

「相手に好きになってもらえなくて振られるのは、仕方ないと思う」

一言一言を絞り出すような口調で、悠人は続ける。

「でも、君の気持ちとは関係のないことで断られるのは、納得できない」

叶葉は声を出せなかった。悠人が切実な声で言う。

「君の気持ちを教えてほしいんだ」

「……だから、私の家は」

「そうじゃないんだ」

彼自身も勢いに任せて後先考えずに喋っているのだろう。けれどその分、悠人の剥き出しの感情が、言葉に乗ってぶつかってきた。

「釣り合ってるかどうかとか、家のしがらみとか、そんなのは関係ない。僕は君が好きなんだ。……君は、どうなんだ」

叶葉の頭が真っ白になる。これまで何度も男性から「好きだ」と言われてきたのに、なぜか悠人の言葉は頭の中で何度も反響してどんどん大きくなった。

そうして、叶葉と悠人は恋人同士になったのだ。

「そんなの関係ない、か。……ふふふ」

思い出すたびに笑顔がこぼれる。彼の無骨な愛情表現が、胸を温めてくれる。

叶葉は家の廊下を歩く。その足取りは軽い。

Nova 5. 主のためです

「最近ユートとの進展が乏しいんだよね」

アイヴィスとシルヴィーが滞在する某高級ホテルの一室、ソファーの上でストレッチやら腹筋やらをしながら、アイヴィスは悩み声を上げた。

シルヴィーは主人が脱ぎ散らかした服を片付け、紅茶の準備をする。

「意外ですね。地球では若い男女が交際したら、その後はトントン拍子のことも多いと聞きますが」

「でしょー？　色々誘ってみても、なんだか乗り気じゃなさそうなんだよねー……」

アイヴィスはソファーの上で腰を浮かせ、自転車漕ぎのように足をぐるぐるさせている。

「何してるんですかそれ？」とシルヴィーが尋ねると、「美脚エクササイズ」と返事が来た。またインターネットの変なホームページを参考にしたのだろう。

砂糖を紅茶に投入したのち、カップをアイヴィスの前に置いておく。アイヴィスは「ん」と言って紅茶に口をつけた。

「……駄目駄目。ユートを信用しないと」

小さく呟き、アイヴィスは首を振る。アイヴィスはシルヴィーに顔を向けた。

「どうすればいいと思う？　プレゼントとかあげた方がいいのかな」

「モノで釣るやり方も有効なことがありますが、この場合はもっと良い手があるかと」

シルヴィーはぴっと人差し指を立てた。

「押し倒せば良いのです」

アイヴィスは紅茶を少し吹き出した。シルヴィーは気にせず続けた。

「宇宙広しと言えど、魅力ある相手に交尾を打診されて嫌がる種族はいません。アイヴィス様から誘ってベッドに連れ込めば、その後はなるようになりますよ。日本人の男はちょっと強引にされるくらいが好き、という俗説もあるようです」

「そ……それはちょっと、恥ずかしい……」

「そんなんじゃいつまで経っても何事も起きませんよ。嫁入り前の処女みたいなこと言わないでください」

「嫁入り前の処女ですけど……」

「それ以前に、あなたはリベルガスケット星の皇女で軍団長です。ラタヤナハ星軍の中で孤軍奮闘した数年前の戦いに比べれば、地球人の男と同衾するなんて簡単なものでしょう」

「う……うー……」

何やら顔を真っ赤にして唸っていたアイヴィスだが、やがて手近なクッションにぼふりと顔を埋めた。

「は、恥ずかしい。そんなこと言われても、恥ずかしいものは恥ずかしいの！　ユートと挨拶する方が、ラタヤナハ星軍の戦艦を吹っ飛ばすよりよっぽど大変で緊張するの！」

戦艦を吹っ飛ばされた敵対星軍の皆さんが聞いたらガッカリしそうなことを宣いつつ、アイヴィスは足をバタバタさせる。

「先手必勝ですよ。戦争も、恋愛も」

シルヴィーの言葉に、アイヴィスは沈黙した。しばらくして、

「……頑張ってみる」

アイヴィスはクッションから顔を上げないまま、か細い声でそう答えた。シルヴィーは頷き、お代わりの紅茶をアイヴィスの前に置いた。

＊＊＊

「どうした悠人。寝不足か？」

昼休みのチャイムが鳴るや否や机に突っ伏して動かない悠人を見て、一本木が怪訝そうに話しかけてくる。悠人は「ああ、うん」と生返事をした。

ここ数日、眠れない日が続いていた。ベッドに入っても、叶葉とアイヴィスのことを考えてなかなか寝付けないからだ。

一本木が「ははあ」と分かったような声を出す。耳を寄せた一本木は、

「思ったより早かったな。案外積極的じゃないか」

「なんの話だよ」

「あん？　セックスしまくってて寝不足なんじゃないのかと」

「性欲で脳みそが腐り果てたのか？」

「なんだ、違うのか。つまらんな」

人の気も知らず、一本木は隣の席でスティック菓子をボリボリ食べている。悠人は覇気のない声で尋ねた。

「なあ、一本木。……なんで二股なんかするんだ」

「は？　なんだよ急に」

二股をかけるという行為は、急速に悠人の精神を消耗させていた。寝ても覚めても、アイヴィスや叶葉の顔を見たりメッセージを送りあったりするたびに、身の置き所がなくなるような苦しさが込み上げてくる。この地獄のような環境を、なぜ一本木は耐えられるのか。

一本木はぽりぽりと顎をかいたあと、

「俺にしてみれば、一人に縛られることの意味が分からんね。相手を独占したい、他の奴に取られたくない、っていう願望の表れだろ」

整った顔をシニカルに歪めて、一本木は肩をすくめた。

「現代日本の恋愛システムっていうのはさ、結局モテないやつのためにあるんだよ。せっかく手に入れた相手を他の奴に取られないようにするために、恋人関係とか結婚とかっていう契約で縛ってるだけさ」

「それは……極論だ」

「そうでもないぜ。今も一夫多妻制、一妻多夫制の国だってたくさんある」

一本木は肩をすくめた。

「実際周りを見てみろよ。結婚！　とか浮気は許さない！　とか騒いでるの、みんなモテなさそうなやつばっかりじゃん。本当に浮気もせず結婚したいんだったらさっさと黙ってそうすりゃいいのに、これ見よがしにアピールしなきゃ気が済まないのは、そうでもしないとパートナーが自分から逃げ出すんじゃないかって不安だからさ」

「それ、僕も入ってる？」

「お前はちょっと違うな。だって、そこそこモテてるのに恥ずかしいくらいの純愛主義者だ」

一本木はぴっと悠人を指さした。

「世にも稀な純情野郎。筋金入りの童貞。童貞王だ」

反論する気力もない。一本木が訝しげに首をかしげた。悠人はぼそりとつぶやく。

「僕は、純情なのかな」

「……お前マジで大丈夫か？　深呼吸して、教室の片隅で物憂げに『僕は、純情なのかな』ってつぶやいてる自分を想像してみ？　痛々しいぞ」

「うるさいよ」

悠人は苦笑いし、売店に行こうと席を立った。

しかし、その足取りは、やはり重い。

職員室に呼び出されるのが嬉しい学生はいないだろうが、そうは言っても担任直々に声をかけられては行かざるを得ない。手短に済ませたいと願いつつ職員室の扉をノックした悠人を出迎えたのは、山のように積まれたプリントを次々に右から左へと流している担任教師――溝端の姿だった。

「来たか、進藤」

プリントから目を離さないまま溝端は言った。彼女は先日の小テストの採点をしているようで、ものすごい勢いでマルとバツが書き込まれていく。

「実は一つ聞いておきたいことがあってな。リベルガスケットはどうだ、クラスに馴染めていそうか」

悠人は頷いた。

「まあ、問題ないと思いますよ。友達も多そうですし。……っていうか、なんで僕に聞くんですか」

「お前が一番仲が良さそうだからな」

ははは と悠人は苦笑いを返した。実際には仲が良いとか悪いとかそういうレベルの関係ではないのだが、もちろん言及しないでおく。

「この時期の転校は本人にも負担だろう。サポートしてやってくれ」

溝端は悠人の顔を見上げた。

「リベルガスケットはお前を随分気に入ってるみたいだな」

「まあ、そうかもしれません」

「付き合ってるのか？」

悠人は吹き出しそうになった。

「……お答えしかねます」

「なんだ、政治家みたいな返事だな。いつからそんなに小賢しくなったんだ」

溝端は採点の手を止め、くるりとこちらへ向き直った。

「まあ、不純異性交遊は生活指導の先生にバレない程度にしておけよ。高校生同士の恋愛なんて、どうせ大して長続きはしない」

悠人はむっとして唇を尖らせた。叶葉のことを思い浮かべたからだ。

溝端は眼鏡の位置をクイと直した。

「恋愛なんてのは風邪を引くのと変わらん。最初は熱があっても、すぐに冷めて元通りだ。取り返しがつく範囲で留めておけ」

悠人は眉をひそめる。そんないい加減な気持ちで付き合ったわけじゃないと言いたくなるも、担任の先生にそんな口答えをする度胸は悠人にはない。

不満そうな雰囲気を感じ取ってか、溝端は薄く笑う。

「冷静なんだよ。大人だからな」

溝端はボールペンをくるくる回しながら言った。

「恋愛は繁殖のための手段だ。恋愛そのものに入れ込みすぎるのは、手段と目的の逆転でしかないよ。……っと、進藤、小テストはギリギリ合格だ。良かったな」

悠人の答案をひょいと差し出す溝端。「ありがとうございます」と悠人は受け取った。

「引き続き頼むぞ進藤。話は以上だ」

再びプリントの山に向き直る溝端。悠人は担任に一礼したあと、職員室の扉に手をかけた。

廊下に出た瞬間、どんと肩が誰かとぶつかった。不意打ちに悠人の体がよろける。

「おっと。失礼」

声のした方を振り向くと、背の高い男子生徒が悠人の顔を見ていた。落ち着いた雰囲気の美男子で、手足がすらりと長い。ネクタイの色を見ると悠人の同級生らしい。

（えっと……名前なんだっけ）

一本木とはタイプが違うものの、並んで立っているだけでこちらの居心地が悪くなるようなイケメンだ。合同授業や朝礼の折に何度か見た記憶がある。

イケメンが口を開く。

「大丈夫かい」

「あ、全然。気にしないでください」

「良かった」

じっとイケメンはこちらを見つめている。薄い唇がわずかに動く。

「君は良いね」

「え？」

「欲しいものを手に入れたんだから」

悠人は何度か目を瞬かせた。なんの話だ、と頭に疑問符が浮かぶ。男子生徒はひょいと片手を上げた。

「じゃな、進藤くん。また」

「え？　ああ、うん」

突然名前を呼ばれ面食らう悠人。イケメンはそのまま職員室の中に入っていく。なんで僕の名前知ってるんだろう、話したことあったっけ、と悠人はイケメンの後ろ姿を見ながら考え込む。

「…………」

イケメンは何やら溝端と話し込んでいる。さっきの言葉はどういう意味だったんだろうと首をひねりつつ、悠人は職員室の扉を閉めた。

悠人と叶葉は、昼食時は人気のない場所で待ち合わせて一緒にご飯を食べている。体育倉庫近くのベンチで昼食のサンドイッチを広げながら、悠人は叶葉の到着を待つ。

よく晴れた日だった。晴れ渡った空を眺めながらぼんやりとしていると、ふと視界の端に影が差した。

「ユート。何してるの？」

アイヴィスだ。教室から追いかけてきたのだろう。

この後叶葉と食事を摂るつもりであることを考えると、アイヴィスがここへ長居するのは困る。いったん教室まで送り届けるかと悠人は腰を上げるが、

「……恋愛は、先手必勝……」

「アイヴィス？」

なんだか顔が赤い。どうしたんだろうと悠人は訝った。

「ね、ユート。ちょっと一緒に来て欲しいんだけど」

アイヴィスに手を引かれる。思いのほか柔らかい手の感触に驚きつつ、悠人は尋ねた。

「どうしたの？」

「いいから」

アイヴィスはぐいぐいと悠人を連れて歩き出す。この細腕のどこにこんなバカ力があるんだという勢いで、悠人は引きずられるようにアイヴィスの後をついて歩いた。アイヴィスはなにやら緊張した面持ちをしている。

「この倉庫の中、誰かいるかな」

「いや、いないと思うよ。というか、鍵かかってるから生徒は入れな――」

「それっ」

アイヴィスが取っ手を引くと、金属の断末魔のような音を立てて金具が弾け飛び、扉が開いた。いつになったらこの子は学校の備品を壊さずに済むんだろう。

体育倉庫の中は跳び箱やバスケットボールの入った籠が置かれて手狭だ。薄暗い室内に二人分の足音が響く。何をする気なんだと悠人は訝った。

「アイヴィス、こんなところで何を――」

首を傾げる悠人。その時、突然アイヴィスが身を翻し、悠人を体育用マットの上に押し倒した。

「え？　うわっ！」

背中からマットの上に倒れ込む。そのまま起き上がる隙も与えず、アイヴィスは悠人の手足をがっちりとつかんで固定した。

「あ、アイヴィス？」

アイヴィスは頬を赤くして、はあはあと荒い息を吐き、目をぐるぐるさせながら何事かブツブツ呟いている。

「……日本人の男はちょっと強引にされるぐらいが好き、ちょっと強引にされるぐらいが好き、強引に……」

要領を得ない内容ながら、アイヴィスが何を考えているかはおおよそ察しがついた。ネットの間違った知識を元に悠人へとアプローチしているのだろう。いつもと違うのは、アプローチの仕方がちょっとおませさんというか、アダルトな方面で攻めようとしている点だ。

「ね、ねえ。ユート。……私のこと、好き？」

アイヴィスが震える声で尋ねる。不安そうな声音だった。銀河の皇女と言われる面影はなく、ただの恋する女の子のように見えた。

悠人はごくりと唾を飲んだ。心を殺し、ここは嘘をつかなくてはいけない。地球を――叶葉たちが暮らす星を守るためにも。

「す……好き、だ」

自己嫌悪とともに、上っ面のセリフをひねり出す。だがアイヴィスは嬉しそうに微笑んだ。

「私も、大好き」

アイヴィスが自分の制服のボタンに手を掛ける。悠人は思わず吹き出しそうになった。

「い、いやいやいや！　アイヴィスさん？　どうしたの？」

「……あんまり見ないで。恥ずかしいから」

ぷちん、とボタンを外すと、制服がはらりとはだけた。薄暗い倉庫の中で、アイヴィスの白い肌がぼんやりと浮かび上がっている。

「地球人の男女は、付き合ってたらするんでしょ。そ、その……こ、交尾というか……」

「それは違う！　いや違わないけど、順番が！　手順があるんだ！」

「いいよ。ユートなら」

アイヴィスが悠人の耳元に口を寄せる。密着した体から、温かな体温と鼓動が伝わってくる。

胸元に柔らかいものが当たっているが、それがなんなのか考えたらおそらく平静を保っていられないので悠人は頑張って気にしないことにした。

「私も興味あるし、それに――もう、ユートとしかできないし」

アイヴィスがささやく。悠人としかできない、というのはどういう意味だと怪訝に思うが、次の瞬間アイヴィスが悠人の首筋に唇を当ててきたので悠人の思考は一気に真っ白になった。

(ホア――――ッ!!!)

声にならない絶叫を上げる。全身の血液が沸騰する。体中の神経が躍動している。アイヴィスに触れられたところが、片っ端から熱を持ってビリビリと脳を溶かす。

(や、ヤバい！　ヤバい！　これはマジでヤバい！)

なんとかアイヴィスを引き剝がそうと悠人は両腕に力を込める。だが動かない。象に乗られてでもいるかのように、悠人の四肢は微動だにしない。恐るべき馬鹿力である。

アイヴィスが悠人の制服に手を掛ける。待ってくれそれ以上は本当に洒落にならないと悠人は声をあげようとしたが、真の試練はその後に待ち受けていた。

「悠人さーん？　いますか？」

叶葉の声が聞こえる。倉庫の外からだ。サンドイッチを置きっぱなしにして姿が見えない悠人を探しているのだろう。まずい、と一気に思考が現実へ引き戻される。

今、悠人は薄暗い体育倉庫で半裸になり、その上には同じく半裸のアイヴィスが鼻息を荒くして馬乗りになっている。客観的に見てどう考えてもこれから十八禁行為に及ぼうとしているようにしか見えないだろうし、あながちそれは間違いではない。他人に、特に叶葉には見られるわけにはいかない。

このまま何も気づかず帰ってくれと祈るが、悠人はアイヴィスの瞳にぎらりと凶暴な光が宿るのを見た。

「……もしかして、あの女？」

アイヴィスにしてみれば、せっかく好きな男と色々しようと思っていたところに茶々が入ったような状況だ。不機嫌になるのも当然だろう。だがここでアイヴィスと叶葉が出会ってしまえば、色んな意味で悠人は終わりだ。

（アイヴィスが余計なことを言う前に……！）

悠人は声を張り上げた。

「か、叶葉さん！　僕は倉庫の中だよ」

「なんでそんなところに……？　お昼は食べないんですか」

「ちょ、ちょっと手が離せなくて」

「どうしたんですか？　何か問題でも――」

「き、来ちゃダメだ！」

アイヴィスが今にも噛み付きそうな顔で、

「あんたにはなんの関係も――」

悠人は慌ててアイヴィスの口を塞いだ。モゴモゴと何か言いたげなアイヴィスを必死に押し留めていると、

「……悠人さん？　誰かいるんですか」

叶葉が怪訝そうな声を上げる。悠人は必死の口調で、

「い、いや、無論一人だよ。こんな狭い倉庫に何人も人が入れるわけないじゃないか」

「一体何をしてるんですか……？」

「モゴ！　モゴモゴ！」

怪訝そうにこちらを見てくるアイヴィスに「君の裸を他の人に見せるわけにはいかない」なんてもっともらしく囁いたあと、彼女の口から手を離し——極めて強引な言い訳だが、アイヴィスは「ユート優しい」なんてうっとりしていた——悠人は叶葉に続けて話しかける。

「先生に言われて倉庫の中の整理をしてたんだけど、モノが崩れてきちゃって。片付けておくから、悪いんだけど今日はお昼はそれぞれで食べる感じにしよう」

「大丈夫ですか？　私も手伝いますよ」

叶葉がこちらへ足を向ける音がする。だが倉庫の中へ入らせるわけにはいかない、なにせ倉庫の中には半裸の悠人と半裸のアイヴィスがいるのだ。悠人は決死の形相で叫んだ。

「い、いや大丈夫だから！　全然大丈夫だから！　叶葉さんの手を煩わせる必要は皆無だから！」

「でも、悠人さんだけより二人の方が——」

「お気遣いなくゥ！　なんというかその、アレだよアレ！　崩れてきた拍子に倉庫の中に置いてあった校庭に白い線を引くチョークの粉みたいなやつをぶちまけちゃって、今入ってきたら制服汚れちゃうから！」

「ああ、あの白い線を引くチョークの粉みたいなやつを……」

「それだけじゃない！　倉庫の中に張ってた蜘蛛の巣とかネズミとか、その辺の不衛生な生き物たちも一斉に出てきちゃって、とにかく大変なことになってるんだ！　今この中に入ってきたら得体の知れないバイ菌をテイクアウトすることは請け合いと言っていい！」

「え、ええ……!?　それなら悠人さんも早く出た方が」

「うん、僕も白い線を引くチョークの粉みたいなやつをはたき落としたらすぐ出るから！　だから叶葉さんは先に帰っててて！　バイ菌が付着する前に！」

叶葉は「わ、分かりました。悠人さん、気をつけてくださいね」と言い残してその場を去っていった。

「……ふふふ。邪魔者はいなくなったね？　ユート」

（ああ……問題はまだ解決していない……）

一難去ってまた一難。悠人の上で息をハアハアさせるアイヴィスを見上げながら、なんとか自分の純潔を守り抜く方法を模索する悠人だが、その時授業開始を告げるチャイムの鐘が響き渡った。悠人にとっては福音である。

「じゅ、授業始まるから！　また今度にしよう！」

「えー？　サボっちゃおうよ」

「そういうわけにはいかない！　進藤悠人と言えば同級生も教師も誰もが認める優等生、授業をサボったなんて知れたら同級生には失望され内申はガタ落ち受験に失敗し就活も決まらず孤独なニート人生を送り社会の底辺を這うことは疑いない、この後の授業に出席できるかどうかは僕の人生のターニングポイントと言っても過言ではないんだ！」

悠人の必死の説得あってか、アイヴィスは不満そうな顔をしつつも体を起こした。乱れた制服を整え、校舎へと急ぎながら、

（……これは、今後が思いやられるぞ……）

自分の未来に暗雲垂れ込めるのを察し、悠人は沈鬱な気分になるのだった。

（人間、特に日本人は群れを好むと聞いていたが、これほどとは）

休日の繁華街、雲霞のような人混みを見て、シルヴィーは感嘆の念を抱く。

数多く並んだ露店にはネックレスやピアス、はたまた訳の分からない言葉が描かれたTシャ

ツが販売されている。アイヴィスが後先考えずに色々買ってしまうものだから、荷物持ちであるシルヴィーは大量の紙袋を抱える羽目になっていた。

シルヴィーは周囲を見回した。空気が足りなくなりそうなくらいに人で溢れているのはそうなのだが、どうもシルヴィーとアイヴィスの周囲だけは人の姿がまばらだ。どうやら避けられているらしい。はてなぜだろう、とシルヴィーは首をひねったのち、ぽんと手を叩いて納得した。

（なるほど。地球人でもアイヴィス様の側に寄るのは恐れ多いか）

実際のところは、真っ赤な髪をした少女とメイド服姿の従者は街中であまりにも浮いていて、周囲を歩く人が近づくのを躊躇って遠巻きにしているだけなのだが、シルヴィーはその事実にまだ気づいていなかった。

「シルヴィー？　どうしたの」

「いえ。なんでもありません」

アイヴィスに急かされ、シルヴィーは小走りになる。

とある露店の前に立ち止まり、アイヴィスはしげしげとアクセサリーを見ている。露店の店員と思しき初老の男が、黄ばんだ歯を見せて「割引きするよ」と笑う。

「あのさ、シルヴィー」

深刻そうな口調でアイヴィスが言う。シルヴィーは背筋を正し、「はい」と返事をした。

「私、悩んでることがあるの」

「左様ですか」

「昨日の夜にそのことを考え始めて以来、心配すぎて夜も寝られないくらい。相談に乗って欲しいの」

「無論です。それで、その内容は」

アイヴィスはしばし黙り込んだ。周囲の人間たちの話し声がやたらと大きく聞こえる。アイヴィスはおもむろに口を開き、

「この間、ユートを交尾に誘ったんだけど」

「ほう。アイヴィス様にしては頑張りましたね」

「バカにしてる？」

「感心しています。あの奥手を通り越して何がしたいのかよく分からなかったアイヴィス様が、そのようなアプローチをしていたとは」

「シルヴィーあんたあとで覚えておきなさいよ」

アイヴィスは何やら不服そうに半眼でシルヴィーをにらんでいるが、感心しているというのは嘘偽りのない本音である。

そもそもリベルガスケット星における恋愛は地球のそれとは大きく異なる。

リベルガスケット星人は一度相手を見定めたら早々に性交渉に及ぶのが一般的であり、アイ

ヴィスのように長々とアプローチを続ける者はほとんどいない。アイヴィスが呆れるほどの純愛主義者なのは、シルヴィーにとっても新たな事実だった。

「……とにかく、誘ったはいいんだけど、どうにも興味なさそうなの。それでね、私、気づいちゃったんだけど」

アイヴィスは目を伏せる。シルヴィーは固唾を呑んで次の言葉を待った。

「もしかして、ユートって、男が好きなんじゃないかな」

シルヴィーはなんと返事をしたら良いものか分からず、大量の紙袋を持ったまま棒立ちになった。アイヴィスはわなわなと震えながら頭を抱える。

「だっておかしいじゃない？　この国の雑誌にも、若い男は性欲の塊だからこっちから誘ったら絶対断られないって書いてあったのに！　男はみんな飢えたオオカミだって書いてあったのに！」

「私も詳しいことは知りませんが、そういう雑誌というのはえてして話を脚色しているものではありませんか」

「振り返ると男友達の方が仲良さそうだし……！」

アイヴィスは青い顔でシルヴィーの肩をつかんでガクガク揺さぶってくる。

「どうしよう、ユートに開頭脳改造手術とか受けさせた方がいいのかな」

「あの手術、たまに失敗して記憶が飛んだり人格が荒廃したりしますけどね」

シルヴィーはのっぺりした口調で答えた。アイヴィスはその場にしゃがみ込んで「さすがの私も性別の壁は越えられない……」だのなんだのとブツブツ言っている。シルヴィーは深々と息を吐き、

「分かりました。それでしたら、私に考えがあります」

＊＊＊

「というわけで。今日一日、この子も一緒に過ごすからよろしくね」

「どういうわけで？」

「シルヴィー・リベルガスケットです。よろしく、シンドウ・ユート殿」

とある日曜日の朝、一人の見慣れない女の子を連れてアイヴィスがやってきた。なんでもアイヴィスの従者で、血の繋がった従姉妹らしい。確かに顔立ちがどことなく似ている。

「ユートの話をしたら、どうしても一度会っておきたいって言われてさ」

シルヴィーと名乗った女性はきっちり三十度頭を下げたあと、おもむろに靴を脱ぎ始めた。メイド服の裾が長くて邪魔そうだが、シルヴィーは器用に靴紐をほどいていく。

「早速ですが、ユート殿。掃除をしたいので手伝ってくれますか」

「そ、掃除ですか」

「はい。我が主が過ごす空間が、不潔であってはなりませんから」

シルヴィーはのしのしと居間の奥に歩いていく。アイヴィスは「それじゃあまた後で迎えに来るから」と言い残してどこかへ去っていった。朝っぱらから濃厚に醸し出される厄介ごとの香りに、悠人は辟易した。

数十分後。早くも悠人は悲鳴を上げそうだった。なにせ、

「ユート殿。冷蔵庫の上に埃が溜まっていますよ」

「ユート殿。排水溝のゴミはきちんと捨ててください」

「ユート殿。洗濯物は干し終わったらすぐに畳んでください」

嫁イビリに精を出す姑も顔負けの細かさである。チリ一つ残さないとばかり、シルヴィーの三白眼が部屋の隅々をチェックしていく。

「いやいや、そんな細かいところまで気にせずともいいんじゃないかな。現に生活できてるわけだし」

「いけません。こんな辺境の惑星の得体の知れない家屋のちっぽけな部屋、どんな不潔な細菌やウイルスがいるか分かったものではありませんから」

辺境の惑星の得体の知れない家屋のちっぽけな部屋に居住して十六年になる男、進藤悠人は渋い顔をしたが、シルヴィーは気づいた様子もない。

「む。これは？」

寝室でゴソゴソやっていたシルヴィーが、おもむろに何かを拾い上げる。悠人は思わず奇声を上げそうになった。

「なんですかこれは。『告白の言葉　候補集』？」

「オッアー！」

悠人はシルヴィーが手に持ったノートを取り上げようと飛びかかった。シルヴィーが手にしているのは、かつて叶葉への告白をイメージトレーニングするにあたって悠人が作成した愛の告白のセリフ案を書き記したものであり、深夜テンションもあいまって数々の恥ずかしい文言が書き連ねられた門外不出の一品である。

だが地球人とリベルガスケット星人の運動能力には天地の隔たりがある。ひょいと悠人の突進をかわし、シルヴィーはおもむろに中を読み上げ始める。

「えー。『世界で一番、君を愛してる』『もう君しか見えないよ』『君の瞳に乾杯（フレンチレストランの個室で夜景を見ながら）』『君は太陽だ。僕という月を照らして欲しい』……。すごいですねユート殿、これほど数多くの睦言を思いつけるとは、感服しました」

「殺して！　殺してください！」

部屋の床でもんどりうって悶絶する悠人。

その後もたっぷり数時間、シルヴィーの掃除タイムは続いた。終わる頃には悠人はすっかり疲弊していた。

話がある、とシルヴィーに家の外へ連れ出された時、ちょうど昼時ということもあってか駅前は賑わっていた。すれ違う人たちが皆、メイド服姿のシルヴィーをぎょっとしたような顔で見たあと、いぶかしげに悠人と見比べては首を傾げて去っていくものだから、大変に居心地が悪かった。

シルヴィーが向かったのは悠人がよく使うコンビニだった。アイヴィスが折に触れて根こそぎ肉まんを買い漁っていくのもこの店である。

「この店には前々から視察に来ようと思っていたのです」

「視察？」

「我が主が使う店です。品揃え、衛生管理はもちろん、店員の礼儀から店の品格と格式に至るまで、一級品でなくてはいけませんから」

日本全国にチェーン展開する一介のコンビニエンスストアに品格と格式を求められても困るんじゃないかなあと思ったが、口には出さないでおいた。

「なんです。このサンドイッチとかいう食べ物は」

「具をパンで挟んで食べるんだ。よく売ってるよ」

「中身が食品である保証はあるのですか。毒はない証拠は」

うさんくさそうな目でサンドイッチを見回したあと棚に戻し——きっちり元の場所に整列し

て戻すあたり、さすがの几帳面さである——シルヴィーは冷凍庫のアイスへと目を向けた。

「この箱は」

「冷凍庫。冷たいものを入れておくんだ」

「この中にアイヴィス様を狙う刺客が潜んでいたらどうするんですか。無闇に障害物を増やすのは危険です、撤去を勧告するとしましょう」

「いや、現代日本に刺客なんていないからね」

「しかしこの大きさ。人間が入るのにちょうど良いではありませんか」

「昔そんな動画見たことあるなあ……」

周囲の店員さんがチラチラとこちらを見ている。このままシルヴィーを長居させると何を言い出すか分からないと思い、悠人はシルヴィーの背を押した。

「さ。もう分かっただろ、このコンビニが危険だなんてありえないって。もう出ようよ」

「いえ、まだ不十分です。従業員が安全かどうかも確かめなければ」

そう言うや否や、シルヴィーはペットボトルの補充をしている男性店員にツカツカと歩み寄った。

「おい、お前」

「はい、どうされま——」

にこやかな営業スマイルで振り向く店員のお兄さん。その喉元に、シルヴィーはおもむろにナイフを突きつけていた。男性店員が目を白黒させる。

「え？　はい？」

「お前が手に持っているその筒——ペットボトルとやらは、爆薬を入れておくのにちょうど良さそうだな」

「ちょ、え、なんの話ですか。ドッキリ？」

「お前が安全な人間であると、今すぐこの場で証明してみせろ。さもなければ——」

シルヴィーはナイフを少し押し込んだ。男性店員が短く悲鳴を上げ、

「し……失礼しましたー！」

これ以上騒ぎが大きくなる前にと、悠人はシルヴィーを羽交い締めにした。そのままシルヴィーを引きずって店を後にする。

「何をするのですかユート殿。邪魔をしないでいただきたい」

店の外に出たあと、不服げにシルヴィーが口を尖らせる。

「いや……あんなことしたら……逮捕されかねないよ……」

肩で息をしながら説明する悠人。と、その時、

「ん？　何してんだ悠人」

よく知っている声が聞こえた。見ると、私服姿の一本木が不思議そうな顔をして立っていた。

悠人は目を丸くする。

「一本木こそ。こんなところで会うなんて珍しいね」

「この子がこの辺に住んでるからさ」

一本木は親指で隣を示した。知らない高校の制服を着た少女が「ねー進クン、この人たちだれー？」と一本木にしなだれかかっている。どうやら今日のデート相手はこの子らしい。

「ユート殿。ご友人ですか」

「まあ、そんな感じ」

シルヴィーはふむと頷いた。

「……ひょっとして、この男が……」

何やらつぶやいているシルヴィー。何かまたろくでもないことが起きる予感を察知し、悠人は会話を切り上げるべく一本木を急かす。

「デートの途中なんだろ？　邪魔してごめんよ、引き続き優雅な休日をエンジョイしてくれ、それじゃ」

「ん？　ああ、そうだな。それじゃ――」

「お待ちください、イッポンギ殿」

シルヴィーが言葉を被せてくる。ヒールの踵を鳴らし、シルヴィーは一本木の前に立った。

「一つ聞きたいことがあります。どうか正直に答えていただきたい」

一本木は「あ、はあ」と相槌を打った。シルヴィーは大真面目な顔で続ける。

「シンドウ・ユート殿は……男が好きなのですか」

悠人の目が点になった。

「銀河全体を見渡しても、地球の男ほど性欲の強いオスは珍しい。ましてやこの若さ、女性に迫られれば一も二もなく恥も外聞もなく首を縦に振るのが摂理というもの」

「地球人男性に失礼では」

悠人のツッコミも聞こえていないのか、シルヴィーは質問をたたみかける。

「なのにユート殿は今だに交尾にも興味を示さない様子。何か事情があるとしか思えません」

シルヴィーが言っているのはアイヴィスとの関係のことだろう。一本木は目を白黒させていたが、やがてふっと笑った。

「大丈夫ですよ、お姉さん。こいつはちゃあんと、女が好きですから。だって――」

その瞬間、悠人は完全に油断していた。一本木を制するのがわずかに遅れ、そしてその遅れが致命的になった。

「待て、いっぽん……」

「こいつ、彼女がいますから」

しん、と周囲が静まり返った気がした。シルヴィーがゆっくりと、機械のような動きで首だけを回してこちらを見据える。その氷のような目を見て、悠人は泣きそうになった。

薄暗い路地裏、ビルの隙間に積み上げられた生臭いゴミ袋を目の端に捉えながら、悠人は天を仰いだ。

（終わった）

じゃーなー、と呑気に一本木が去ったあと、無言でシルヴィーは悠人の腕をつかんだ。引きずられるように連れ込まれたのがこの路地裏である。

「ユート殿」

悠人を壁際に追い詰めながら、シルヴィーがのっぺりとした平坦な声を出す。冷や汗がダラダラと背筋を滑り落ちる。

シルヴィーはアイヴィスの従者だ。二股をかけた悠人はもちろんただでは済まないだろう。周りの人間にも危害が及ぶかもしれない。父親のセントクリストファー・ネイビス連邦への転勤は避けられないだろうし、それをきっかけに熟年離婚の話が持ち上がるかもしれない。日本政府にも迷惑がかかるだろう。それどころか激昂したアイヴィスが「地球をパーン」したら、悠人は人類を滅ぼした張本人になってしまう。

何より、このことを知った叶葉がどんな顔をするか。

「僕……ちょっと遺書を書いてきていいですか……」

「何を言っているのですかあなたは」

シルヴィーはなんでもないことのように言った。

「イッポンギ・シン殿が言っていた彼女というのは、ヒノ・カナハ殿のことですか」

「……え？」

悠人は目を瞬かせる。シルヴィーは淡々と続けた。

「ヒノ・カナハ殿とは、アイヴィス様と出会う一ヶ月ほど前から交際していたようですね」

「知って、たんですか」

「あなたはアイヴィス様の夫となる男です。素性は調べさせていただきました」

悠人は唾を飲んだ。シルヴィーが悠人の目を覗き込む。

「ご安心を。アイヴィス様には言っていません」

「どうして、ですか」

「報告するほどの内容ではないと判断しました」

シルヴィーは相変わらずの無表情で、考えが読めない。だが少なくとも、この場で悠人に危害を加える様子はない。悠人は何が何だか分からないまま、話の続きを聞いた。

「むしろ、地球の女性を籠絡していると聞いて安心しました。我が主の夫たるもの、女の一人や二人は侍らせる器量はあって当然」

シルヴィーはいったん言葉を切り、ぼそりと付け足した。

「幸い男が好きというわけでもなさそうですしね」

「そもそも、そのトンチキな勘違いはどこから出てきたんですか」

「とにかく」

シルヴィーが一歩前に踏み出す。鼻と鼻がくっつきそうな至近距離で、シルヴィーが悠人を見上げる。

「私の要望はただ一つ。アイヴィス様を悲しませないようにしてください。もし泣かせることがあれば――」

ふっと風が吹く。瞬きほどの短い間に、シルヴィーは手元にナイフを握り込んで悠人の首筋に当てていた。

「分かりますね？」

声を出すこともできず、悠人はただ、引きつった顔で小さく頷いた。

初めは戸惑いもしたが、ここ最近はアイヴィスと食卓を囲むことにも慣れつつあった。山のような肉まんを平らげたあと、アイヴィスは腰を上げる。

「ユート、先にシャワー入るね」

間借りしているホテルの風呂の方が広くて使い勝手も良いだろうが、何日かに一度アイヴィスは気まぐれに悠人の家のものを使う。アイヴィスが自分用のシャンプーやらボディーソープやらを浴室に置くようになったことは、悠人の新たな悩みだった。

アイヴィスは扉の端からひょこりと顔を覗かせ、

「一緒に入る？」

「結構です」

ユートつまんない、と唇を尖らせつつ、アイヴィスは脱衣所へと消えていく。ほどなくシャワーの水音が聞こえてきた。

ぐったりしてソファーの上に横になる。アイヴィスは長風呂で、一度シャワーを浴びたらしばらく出てこない。今くらいはゆっくりしようと悠人はスマホをいじり始めるが、家の中にチャイムの音が響いた。

「宅配便かな」

インターホンのカメラをのぞき込み、次の瞬間悠人は目を見開いた。

『あ、あの！　悠人さん、叶葉です。急に押しかけてすみません、携帯に連絡は入れたのですが……。お時間大丈夫ですか？』

私服姿の叶葉が、カメラを見つめていた。悠人は動転したまま尋ねる。

「どうしたの、急に」

『以前悠人さんが一人暮らしで夕食の準備に困ると言っていたので……たまたま近くを通りがかったから、お裾分けをと思ったのです』

叶葉の手には何段もの重箱が持たれている。気遣いの有り難さに感謝は尽きないが、さておき来訪のタイミングとしては残念ながら最悪だった。なにせ進藤家の風呂場では現在進行形でアイヴィスが鼻歌なんて歌っちゃっている。

さすがに追い返すわけにもいかず、玄関の戸を開ける悠人。扉の前には叶葉が立っていた。

「良かったら食べてください。うちの料理人は、腕は確かです」

ずしりとした重箱を託される悠人。普段だったら泣いて喜ぶところだが、今日に限ってはそうではない。悠人の顔を見て、叶葉が不安そうに眉をひそめる。

「あの、ご迷惑でしたか」

「いやいやいや！　全然そんなことはないよ！　もうお腹はペコペコさ、背中とお腹がくっつきそうだね」

「それなら良かったです」

叶葉は花が開くように笑った。そののち、ひょこりと悠人の肩越しに部屋の中をのぞき込む。

「ここが悠人さんの家なんですね。片付いてるんですね」

どこかソワソワした口ぶりの叶葉。この間は家に上げてもらったことだし、本来コーヒーの一杯でもご馳走して然るべきかとも思うが、アイヴィスが家の中にいる状況では無理な相談だ。

申し訳ないが、叶葉には早々にお帰りいただくしかない。

「それじゃ叶葉さん、また明日学校で――」

「……？　あれ、悠人さん。どなたか来てるんですか？」

何気ない叶葉の言葉。だが悠人は冷や水を浴びせられたように硬直した。

（な、なんで分かった？）

叶葉の視線の先を追い、悠人は自分の迂闊さを呪った。玄関には悠人のものに交じって、明らかに女物のショートブーツが置いてある。アイヴィスの靴だ。

「ああいや、たまたま家族の古い靴を整理してて……」

「ユートー！　石鹸なくなっちゃった、新しいの開けていいー⁉」

とんでもないタイミングでアイヴィスの声が飛んできた。叶葉が目を丸くする。

「え、ど、どちら様が……？」

「お母さん！　お母さんが帰ってきてるんだ今！」

「そうなんですか⁉」

叶葉の目の色が変わる。

「ど、どうしましょう。ご挨拶した方が良いでしょうか？　良いですよね？　大至急でお土産も用意しないと……！」

「いや、それは大丈夫！　挨拶なんて！　全然しなくていいから！」

「そうはいきません。日野家の娘がそのような、礼節を欠いた行為は」

「いや礼節なんて欠きまくってくれていいから！　進藤家はもうそんなん全然気にしないから！　年中無礼講だから！」

「そ、そうなんですか？」

その時、アイヴィスの声が再び聞こえてきた。

「ユートー！　ホントに一緒にお風呂入らなくていいのー？」

「い、一緒にお風呂……!?」

叶葉が一歩後ずさる。悠人は必死に言い訳をした。

「違うんだ！　うちのお母さんホント子離れできてなくてさ！　困っちゃうよね！　もちろんお母さんと一緒にお風呂なんて子供の時以来入ってないからね！」

これ以上話していたら誤魔化すのも限界だ。悠人は叶葉の背中を押した。

「今日は本当にありがとう！　ご飯はいただくよ、なんかバタバタしててごめんね」

「いえ、急に来たのは私の方ですし。あと、お母様にはぜひよろしくお伝えください」

「分かった！　ぜひよろしく伝えておくね！」

カクカクと頷き、悠人は扉を閉める。取り急ぎ弁当箱を部屋の奥に隠し、廊下にへたり込んでいると、

「お待たせユート。お風呂出たよ」

濡れた髪をタオルで拭きながら、アイヴィスが脱衣所から出てきた。まさに間一髪のタイミングだった。アイヴィスは不思議そうに首をかしげる。

「どうしたのユート。疲れたような顔して」

「いや別に……全然疲れてないよ」

消耗しきった声で、悠人はなんとか短く返事をした。

夜半、くたびれた体を引きずりベッドへと潜り込んだ悠人は、天井を眺めながら深々とため息をついた。すでにアイヴィスもホテルへ戻り、家の中には悠人一人である。

「……どうすればいいんだ」

脳裏にあるのは、もちろん叶葉とアイヴィスのことだ。不本意ながら二股をかけるようになってまだ日が浅いが、これまで何度も際どい場面があった。この先ずっと、悠人はあの二人を騙していけるのか。

「……やるしかないだろ」

自分自身を勇気づけるように、そうつぶやく。

体は疲れているのに、目が冴えてしまっていた。時計の針の音を聞きながら、悠人は睡魔が訪れるのを待ち続けた。

だが、結果的に悠人の悩みはほどなく解決を迎える。

彼にとって、最悪の形で。

Nova 6.　僕を好きになってくれた人たちへ

シルヴィーが買い物を終えてホテルに戻ると、部屋の中が爆撃を受けた後のような惨状を呈していた。

床は水浸しになり、ところどころ家具の端っこが焦げ、何やら甘ったるい異臭が漂っている。黒焦げになったソファーの上にはアイヴィスが不機嫌そうな顔で体育座りをしており、何があったのかは分からないがアイヴィスが何かをやらかしたことは明らかだった。

「なんですかこれは」

「違うもん」

「何がですか」

「違うものは違うもん」

アイヴィスは拗ねたような声を出す。

シルヴィーが足元に目を向けると、卵のパッケージや小麦粉の袋が目に入った。次にテーブルの上を見ると、ファンシーなケーキの絵が描かれた冊子が何点か置かれていた。

「菓子作りですか」

アイヴィスは答えない。つまり、正解ということだろう。

「私も詳しくはありませんが、こういう地球の宿泊施設では火気厳禁なのではありませんか」

「……天井から水出てきて、知らない人間がいっぱい部屋の中入ってきた……」

さもありなん、とシルヴィーは肩をすくめた。

アイヴィスは根っからの王族で、日々の食事は部下が勝手に用意するものだと思っているはずだ。台所に立つどころかそもそも食材を目の当たりにした経験すらなさそうな彼女が、何を思ってスイーツなんて製作しようと思ったのか。

（……考えるまでもないな）

アイヴィスが慣れないことをしようとする理由など、一つしかない。シルヴィーは床を片付けながら言った。

「シンドウ・ユートですか」

アイヴィスが小さく頷く。

「どうして急に。あの男が甘いものをくれる女となら交尾してもいいとでも言ったのですか」

「そうじゃない。そうじゃなくて」

部屋の片隅に置かれたカレンダーに目を遣ったあと、か細い声でアイヴィスは事情を述べた。

「——ああ。なるほど」

アイヴィスがなぜ急にこんなことをし出したのか、シルヴィーはようやく納得した。

（まったく、この人は……）

銀河の皇女、リベルガスケット星の暴君と恐れられる女が、こうも弱々しく、可愛らしくなってしまうとは。

つくづく、恋の力は恐ろしい。

「……菓子作りには心得があります」

シルヴィーがそう言うと、アイヴィスはわずかに潤んだ目元を上げた。

「来週、ということなら時間がありません。私は指導に際して手心は加えませんので、そのつもりで」

何度か目を瞬かせた後、アイヴィスは「……うん！」と体を起こした。

＊＊＊

悠人と叶葉は付き合っていることをあまり周りに言っていない都合上、デートは主に放課後学外ですることが多かった。その日、悠人と叶葉は学校から少し離れた繁華街の中を並んで歩いていた。

「悠人さん。来週の金曜日、放課後に少し時間をもらえませんか」

叶葉が手帳を開く。悠人は頷いた。

「もちろん大丈夫。どこか行く？」

「そうですね。それもそうなのですが……」

叶葉は口をつぐみ、ぱたんと手帳を閉じた。そののち、

「ところで悠人さん。今、何か欲しいものはありませんか」

唐突な質問だった。悠人はしばし考え込んだあと、

「そうだな。最近うちの掃除機が壊れかけてるから、新しい掃除機とかかな」

「いえ、そういうの以外で」

ぴしゃりと叶葉が言う。叶葉の意図が分からず首を傾げながらも、悠人は欲しいものを列挙していく。

「乾燥機能付きのドラム洗濯機とか」

「家電から離れてください」

「期末テスト学年一位を狙える優秀な頭脳はどうだろう」

「形あるものでお願いします」

「……一万円チャージされたアマゾンのプリペイドカードとか？」

「そういうのではなく」

叶葉はため息をついた。一方悠人は彼女が求めているものがなんなのか分からずハテナマークを浮かべることしかできない。

悠人たちはとある家電量販店の前に差し掛かった。入り口近くにはスマートフォンやパソコンなど、目玉商品となるラインナップが陳列されている。叶葉がぽつりと言った。

「そういえば以前、時計が欲しいと言ってましたよね」

「ああ、確かに」

某リンゴマークがトレードマークの世界的企業がリリースしたスマートウォッチで、なかなか高校生には手が出ない値段だ。以前叶葉とウィンドウショッピングしている際に、「いつかこれ買いたいなあ」とこぼした記憶がある。

「すごいんだよあの時計は。電子マネーの取り扱いはもちろん、メールや電話のやりとりもできるし、一日当たりの運動量のモニタリングやバイタルサインの計測までしてくれて健康方面のサポートもバッチリだ」

悠人は早口でまくし立てた。彼は某リンゴマークのＩＴ企業の信奉者である。叶葉はふむと口元に手を当てた。

「なるほど。良いですね」

「叶葉さんも興味あるの？」

「まあ、そうですね。ある意味」

含みのある物言いをする叶葉。首を傾げる悠人だが、叶葉は何かに納得したような顔をしてすたすたと歩き出してしまう。

「悠人さん」

「あ、うん。どうしたの？」

「来週、楽しみですね」

叶葉は悪戯っ子のような微笑みを浮かべた。その笑みの意味は分からなかったが、ただただ可愛かったので悠人は「まあいっか」と思った。

その日、悠人が目覚めると、両親からメールが届いていた。その内容に目を通した後、寝ぼけ眼をこすりながら体を起こす。

朝食はヨーグルトと目玉焼きだ。朝は時間がないので手早く作れて食べられるものに限る。

もぐもぐと目玉焼きを食べていると、窓の外から鳥の鳴き声が聞こえる。静かな朝だった。

アイヴィスが来て以来、こんな風に一人でゆっくりと朝食を食べたことは久しくなかった。

今日は何か用事があるのかな、とアイヴィスの顔を思い浮かべる。思えばここ最近、どうもアイヴィスは上の空だった。

まあいいか、と悠人は考えるのを打ち切る。今朝は叶葉と待ち合わせて学校に行くことになっている。待たせるわけにはいかない。

制服に着替えて鞄に荷物を詰めたあと、悠人は家の扉を開いた。

「……うわ」

降り注ぐ雨の音に、思わずげんなりと声を漏らす。梅雨の訪れを告げるように、大粒の雨滴が目の前をいくつも横切る。マンションの廊下はすっかり水浸しになっていて、革靴の奥に早くも水が染み込んできて気持ち悪い。

傘を手に取り、悠人は歩き出した。


二年Ｃ組の教室では悠人の後ろにアイヴィスが座っていて、授業中に「あの教師生え際おかしいよね、カツラかな？」だの「ねーユート。見て見て、インスタのフォロワーめっちゃ増えた」だのと話しかけてきたり、シャープペンシルの先っちょで意味もなく背中をツンツンしてきたりして大変に鬱陶しい。

そんな状況に慣れてしまったものだから、アイヴィスが何も手出ししてこないままじっとしているというのはかえって不気味だった。

その日、アイヴィスは悠人の後ろで何やら緊張した面持ちでじっと黙り込んでいた。たまにプリントを回す際に後ろを向くと、授業も聞かずに窓の外をじっとにらんでいる様子が目に入った。

「アイヴィス。大丈夫？　なんか様子が変だけど」

昼休みを告げるチャイムが響き、教室全体が弛緩した空気に包まれる中、悠人はアイヴィスに話しかけた。

「え、なんの話？　私は全然大丈夫だよ」

アイヴィスはびくりと肩を震わせ、

「ならいいけど……」

悠人はちらりとアイヴィスの荷物を見た。普段使っているスクールバッグのほか、何やら巨大な紙袋を持参している。あの紙袋の中身が、アイヴィスの様子がおかしいことと関係しているのだろうか。

悠人の視線に気づいてか、アイヴィスが慌てた様子で席を立つ。

「わ、私売店行ってくるね！　ユート、また後で！」

スタスタとアイヴィスは教室を出て行く。アイヴィスは売店に行くだけなら必要ないはずの鞄と紙袋を手にしていた。まるで絶対に中身を見られたくないとばかりに。

「……なんだ？」

わけが分からない。首をひねるも、気を取り直して昼食を摂ることにする。

叶葉も部活の用事があり、その日は悠人は一人で食事した。ここしばらくなかったことだ。

嵐の前の静けさだった。

放課後、人気のなくなった教室で、悠人は翌週に控えた中間試験の準備をして時間を潰していた。このあとは叶葉と会う約束がある。まだ待ち合わせまで時間があるので、悠人は手持ち無沙汰だった。

窓から差し込む夕焼けが眩しい。朝は大雨だったが、今は雲の隙間から日の光がカーテンのように降りている。

数式との格闘を続けていた悠人だが、ふと参考書のページをめくる手が止まる。

（……もうすぐ一ヶ月になるのか）

頭にあるのはアイヴィスのことだ。出会ってからいつの間にか時間が経っていた。

日中のアイヴィスの様子を思い出す。また何か目論んでいるようだったが、今度は何をしてくる気なのか。

（一途なんだなあ。……申し訳ないや）

実は、一番最初に「アイヴィスと付き合って地球を救ってくれ」と偉い人たちから言われた時、悠人の中にはある期待があった。しばらく付き合っていれば、アイヴィスが悠人に飽きてまた別の人に目移りしてくれるのではないか、という期待だ。

アイヴィスは宇宙を股にかける星軍の軍団長で、高い立場にあると聞く。実感はないものの、宇宙レベルで見るととても偉い存在なのだろう。そんなアイヴィスが、辺境の惑星でうごめいている弱小種族の、その中でも大してパッとしない男である悠人を、いつまでも気に入ったままでいてくれるとは考えにくかった。

そのうち飽きるだろう。そんな打算があったことは否めない。だが現実には、アイヴィスはこうしてアプローチを健気に続けている。

銀河の皇女の恋心は、悠人が想像したより遥かに真っ直ぐだ。そう思うと、なんだかやり切れなかった。

頭を振り、試験勉強を再開する。だが集中力は散漫なままで、ちっとも鉛筆が動かない。頬杖をついて数式をこねくり回していると、教室の扉を開ける音が聞こえてきた。

入ってきたのは見知った人物だった。緋色の髪に、蒼穹のような青い目。悠人は声を投げた。

「アイヴィス。どうしたの」

返事はなかった。アイヴィスは顔まで赤くしてもじもじしている。彼女は後ろ手に何かを隠し持っているようだった。どうしたんだろうと悠人は首をひねる。

「ねえ、ユート」

何やらただならぬ空気をまとって、緊張した口ぶりでアイヴィスは口火を切った。

「リベルガスケット星と地球は公転周期が違うから、日付の数え方も当然違う。だから計算してみたんだけど──」

アイヴィスはちらりと悠人の顔を見て、すぐに目線を逸らした。

「私とユート、同じ日に生まれてるんだよ」

悠人は目を丸くした。アイヴィスは「すごいよね」と続けた。

「リベルガスケット星は地球からはとってもとっても遠い。住む銀河系すら違う私たちが、同じ時間に生まれた」

アイヴィスは一言一言を区切って、ゆっくりと話した。言葉を一つずつ、丁寧に内側からすくい上げるように。

「だから――」

すう、はあ、とアイヴィスが深呼吸を繰り返す。彼女の緋色の髪と同じくらい、アイヴィスの頬は真っ赤になっている。

悠人の前に一つの小さな箱が置かれる。アイヴィスの白い指が、箱を開いていく。

「ユート。……お誕生日、おめでとう」

中から出てきたのは、小さなケーキだった。スポンジの上に生クリーム、イチゴがあしらわれた簡素なものだ。ところどころ生クリームを盛りすぎて形が崩れている。

明らかに、手作りだった。

「これを、僕に？」

悠人が尋ねると、アイヴィスはこくりと頷いた。

「……ありがとう」

確かに今日は悠人の誕生日だ。この年齢になるといちいち自分の誕生日が嬉しくもなくなってくるので、当の悠人自身が大して気にしてもいなかった。

だからこそ、「アイヴィスの不意打ちは効いた。

アイヴィスが作ってくれたの」

「……うん」

アイヴィスが頷く。くりくりと髪をいじりながら、

「練習したよ。私、料理なんてしたことなかったから」

「そりゃそうだろうね」

「ケーキって小麦粉から作るんだね。畑に生えてると思ってた」

「そこから勉強したのか」

さすがは銀河の皇女、世間知らずのレベルが違う。

時計を確認すると、まだ叶葉との待ち合わせには時間がある。せっかくのアイヴィスの心遣いだ、悠人はプラスチックのフォークを手に取る。

（ごめん。アイヴィス。……叶葉さん）

アイヴィスの好意は嬉しい。これが他人事だったら、悠人はきっとアイヴィスの恋路を応援したことだろう。

だが悠人には叶葉がいる。アイヴィスの気持ちに報いることはできないことを知りつつ、こうして騙すような真似をしている。

ただただ、申し訳なかった。

「ユート？　どうしたの」

アイヴィスの声で我に返る。「なんでもないよ」と首を振り、ケーキにフォークを刺そうとして、

「――悠人、さん？」

この場にいるはずのない、一番いて欲しくない人の声が聞こえた。

日野叶葉が、教室の入り口に立っていた。夕日に照らされて、彼女の驚愕に見開かれた目が橙色に染まっていた。

「アイヴィスさんも……？」

がしゃり、と叶葉が持っていた袋を取り落とす。カラフルなリボンで彩られた包装は誰かへのプレゼントだろうか。一体誰に、と考える余裕もない。悠人の心臓が早鐘を打っていた。

「なにを、してるんですか」

叶葉が裏返った声を出す。震える足で叶葉は教室に足を踏み入れた。

「……いつもいつも……！　邪魔しないでよ」

嚙みつきそうな顔をして、アイヴィスが叶葉に向き直る。だが叶葉も負けていない。見たこ

ともないほどに鋭い目つきをして、叶葉がアイヴィスをねめつける。

「質問に答えてください。あなたは何をしてるんですか」

「ユートの誕生日を祝ってるの。二人きりでね」

「なんの義理があって、そんなことを」

「なんであんたにそんなこと言われないといけないの？　関係ないでしょ」

アイヴィスと叶葉が口を開く。二つの桜色の唇が動く。悠人は反射的に、ダメだ、と叫びそうになる。

それを言ってしまえば、何もかもが終わる。

「私は、ユートの彼女だよ！」

「私は、悠人さんの彼女です！」

その瞬間。辺りの全ての音が、消え失せた。

耳に刺さる無音の中、悠人は全てが崩壊する足音を確かに聞いた。

＊＊＊

放課後の教室には茜色の夕暮れが差し込んでいる。少し埃っぽい空間の中で、悠人は壁際に追い詰められていた。

目の前にはアイヴィスと叶葉。二人とも目に悲痛な戸惑いをたたえ、どうか嘘だと言ってくれとばかりに、すがるように悠人に尋ねた。

「悠人さん、どういうことですか？」

「ユート、どういうこと？」

答えることはできなかった。今更どんな言い訳をしたところで取り繕えないし、叶葉とアイヴィスが置かれた状況——悠人に二股をかけられていたことは、誤魔化しようもなく明らかだ。

「私を好きだと言いましたよね。付き合おうと言ってくれましたよね」

叶葉が一歩前に出る。叶葉の顔からはすっかり血の気が失せていた。大好きだった声が、何度も悠人を好きと言ってくれた口が、今、進藤悠人を責め上げる。

「嘘だったんですか？　……私のことは好きではなかったんですか？」

違う、と反射的に叫びそうになる。

悠人は叶葉を愛していた。そこに嘘も偽りもない。いい加減な気持ちで告白したわけじゃない、悠人は心の底から叶葉が好きだった。だからこそ愛を伝え、恋人になれた日は嬉しさのあまり眠れなかった。

「……嘘じゃない！　僕は、本気で君を——」

思わず口をついて出る言葉が、あまりにも惨めな言い訳がましいことは、自分自身もよく分かっていた。それでも言わずにいられなかった。

だが悠人の言葉をアイヴィスが遮る。

「ユート、あなた、恋人がいたの？」

静かな声だった。しかし孕まれた怒気の凄まじさは、悠人を震え上がらせて余りある。

「彼女がいるのに、私にあんなことまでしたの？」

か細い声だった。怒りを堪えるように、悲しみを抑え込むように、アイヴィスはゆっくりと言葉を紡いだ。

「違うんだ、それは――」

悠人の台詞に力はない。今の彼は、自分でも驚くほどにアイヴィスにも申し訳なさを感じていた。

もともと、悠人だけに非があるとは言えない。アイヴィスが突然悠人の家に押しかけ、強引に婚約者だのなんだのと言い出した。断ろうにも地球を人質に取られ、首を縦に振らざるを得なかった。その意味では悠人も被害者だ。

アイヴィスと出会った直後だったら、彼女を悲しませてもそこまで罪の意識はなかっただろう。「そもそもの原因はアイヴィスにあるのだから」と開き直ることもできただろう。

だが、今の悠人にそれはできない。

銀河の皇女とか、地球への侵略者とか、そんな難しいことは分からないけど。

アイヴィスが一途に恋する女の子だったことは、悠人は誰よりもよく知っている。

彼女の好意を踏みにじっておいて、平然としていることは、できない。

「待ってください」

叶葉が底冷えのする声で言った。

「あんなこと、というのはなんですか。アイヴィスさん、あなたは悠人さんに何をしたんですか」

深い沼の底から覗き込むような目で、叶葉が悠人とアイヴィスを順番に見る。

「私、ユートのこと信じてたんだよ。私のことを好きって言ってくれて嬉しかったんだよ。ユートにだったら、何もかもあげていいと思ってたのに」

アイヴィスが一歩を踏み出す。その拍子に机の上に置かれたケーキが床に落ちた。べちゃりという嫌な音が響く。アイヴィスが作ってくれたケーキが、取り返しのつかない状態になって飛散した。飛び散ったホイップクリームが砂埃と混じって床にへばりつく。

「好きだと言ってくれたのは、嘘だったんですか？」

「私を騙してたの？」

二人の少女が悠人に詰め寄る。悠人は過呼吸発作のように荒い息を繰り返した。

ことここに至って、事態の収拾は不可能だった。そもそも悠人が二股をかけていたのは厳然たる事実なので、今更何をどう繕ったところで手遅れでしかない。

「悠人さん、答えてください！」

「ユート、答えて！」

叶葉とアイヴィス、二人の少女が悠人に迫る。二人とも悠人を好きになってくれた女の子だ。

だからこそ、悠人への失望と怒りは筆舌に尽くせないだろう。

（ああ……──）

どうしようもなかった、とは思う。これでいいのかと何度も自問してきたし、これしかないと何度も自答してきた。アイヴィスも叶葉も別れるわけにはいかない、なら浮気と後ろ指を差されようと、同時に付き合うしかない。

だが、やはり選ぶべきだったのだろうか。自分の気持ちを殺して叶葉を振るか、地球が滅ぶと知っていてもアイヴィスと袂を分かつか。

悠人に詰め寄る二人の少女。悠人は何も答えられなかった。

夕暮れの教室で、二人の少女がすすり泣いている。

どれほどそうしていただろうか。

何度も目元を拭っていたアイヴィスが、悠人に背を向けてゆっくりと歩き出した。その表情は窺い知れない。

「アイ……ヴィス？」

返事はなかった。力のない足取りで、アイヴィスは去っていった。足元には、ぐちゃぐちゃになったケーキが泥と混ざって横たわっていた。

「私も、帰らないと」

放心して床にへたり込んでいた叶葉が、おもむろに腰をあげた。そのまま教室の出口へと向かう。悠人には一瞥もくれない。

「叶葉さん、僕は——」

「聞きたくないです」

ぴしゃりと叶葉が言った。これまで叶葉から聞いたどんな言葉よりも、鋭くて冷たかった。

こちらには目を向けないまま、叶葉が言う。

「今は……あなたと話したくありません」

分かっていたことだ。相手が二股をかけたとなれば、千年の恋も冷める。もはや叶葉は悠人を恋人とは思っていないだろう。

だが、実際にその事実を突きつけられると、悠人は目の前が真っ暗になった。自分の体が自分のものではなくなったようにふわふわした。運動をしているわけでもないのに、息が上がって苦しくなる。

叶葉は教室を出て行った。その背中に追いすがろうと伸ばした手は、途中で力なく空をつかんだ。

悠人は教室の入り口に一つの紙袋が落ちていることに気づいた。この部屋にやってきた時、叶葉が取り落としたものだ。拾い上げると、『悠人さんへ』と短くメッセージが添えられていた。

『悠人さんへ

お誕生日おめでとうございます。こんなに真剣に誰かへのプレゼントを選んだことは初めてで、気に入ってもらえるかちょっと心配してます。

いつも優しくて頼りになる悠人さんに感謝しています。

好きですよ。

叶葉』

綺麗な筆致で書かれた文面は、短いながら悠人への愛情が伝わってきた。その気持ちは、今の悠人にとっては身を裂く劇薬に等しい。

震える手でプレゼントを開封する。中に入っていたのは、以前から悠人が欲しいと言っていた時計だった。それなりに値が張るものだが、叶葉はプレゼントに選んでくれたらしい。

悠人はどさりとその場に尻餅をついた。体中から力が抜けてしまったのだ。ぼんやりと阿呆のように天井を見上げ、悠人はただ、呆然として時間を過ごした。

進藤悠人は、この日十七歳になった。

間違いなく、人生最悪の誕生日だった。

どうやって家に帰ったか、よく覚えていない。

ふらふらと足元がおぼつかないままに歩く悠人は側から見ても異様だったのだろう。帰り道、すれ違った人たちはみな、悠人を怪訝そうに横目で見ては距離を取った。

マンションの渡り廊下を歩きながら、ぼんやりとスマホをいじる。ラインのトーク画面には『日野叶葉』と表示されている。

『六時に駅前で良いですか？』

『了解』

『楽しみにしてますね』

今朝交わしたやり取りだった。もともと、この時間は叶葉と会っているはずだった。ここしばらく、叶葉が何かソワソワしていた理由が今なら分かる。悠人のプレゼントを考えていたのだろう。悠人にとって、同世代の異性に誕生日を祝ってもらうというのは初めての経験だった。

まさか、こんな憂鬱な気分で家に帰ることになるとは思わなかった。

未練がましくメッセージを送ろうとして、しかし一文字も打ち込むことができない。

なんと言えばいいのか。誤解だ、本当に好きなのは君なんだ、とでも言うつもりか。

恥を知れ。自分自身に、心の中でそう吐き捨てた。

「……あれ」

部屋の鍵を回すと、真っ暗な玄関が出迎えた。悠人はふと妙な胸騒ぎを覚えた。カバンを置き、部屋の電気を点ける。

ここしばらくアイヴィスは悠人の家に入り浸っていて、彼女の私物はあちこちに置かれていた。ティーン向け雑誌、着替えやシャンプーに歯ブラシと、いつの間にか物が増えていて閉口した記憶がある。

しかし、

「……え、まさか」

ない。そんなバカな、と悠人は家の中を走り回る。

床の上に脱ぎ散らかした制服も、玄関を占領していたいくつもの靴も、冷蔵庫に詰め込まれた肉まんも、洗面所に置きっぱなしだった水色の歯ブラシも、全てなくなっていた。

まるで夢か幻だったかのように、アイヴィス・リベルガスケットが生活していた痕跡は、跡形もなく消え失せていた。

その日の夜。悠人は久々に、誰とも電話をせず、誰とも会話をせず、独りで眠りについた。

ベッドの中で、彼は静かに涙を流した。

Nova 7. 気持ち悪い

翌日学校に登校した悠人は、周囲の様子がおかしいことに気づいた。

悠人は決して目立つ生徒ではない。なのに今日は下駄箱で靴を履き替えてから教室に来るまで、ひっきりなしに誰かの視線を感じていた。気のせいかと思ったが、あれが噂の進藤か、と廊下で声が聞こえた。

自分の席についてふと顔を上げると、クラスメートの女子数人がこちらを睨んでいた。悠人と目が合うとすぐに視線を逸らしたが、彼女たちの目には明らかに軽蔑の色があった。

（……なんだよ）

事情が呑み込めず、首を傾げる悠人。

悠人の後ろ――アイヴィスが座っていた席は空席だった。来るわけないよな、と分かりきっていた事実を確認し、悠人は唇を嚙む。二股がバレて以来、アイヴィスは一度も顔を見せず、連絡もしてきていない。

違和感の正体が分かったのは、休み時間になってからだった。

「悠人くーん」

気持ち悪い猫撫で声を出しながら、持ち主のいなくなったアイヴィスの椅子に座ったのは一本木だった。一本木は悠人の肩にポンと手を置き、

「お前もなかなかやるなあ。学校中で噂になってるぜ」

「……は？　なんの話？」

「いやはや。色々立派なことは言ってたが、お前も結局は俺と同じ穴のムジナさ」

「だから、なんのことだよ」

「とぼけんなよ」

一本木はいやらしい半笑いを浮かべながら顔を近づけてきた。

「日野とリベルガスケットさん、二股かけてたんだろ？　昨日の放課後は大修羅場だったそうじゃねえか」

悠人は息が止まりそうになった。誰かに見られていたのか。よく考えてみれば昨日アイヴィスや叶葉と色々あったのはまさにこの教室、学校内での出来事だ。たまたま通りかかった誰かに目撃されてもおかしくはない。

そして登場する女性二人――日野叶葉とアイヴィス・リベルガスケットは学校中の有名人だ。彼女たちが同じ男に二股をかけられて修羅場を演じたとなれば、学校中の関心を集めるであろうことは容易に想像できる。

悠人は今朝方から妙に周りの、特に女性からの目が冷たい理由に納得した。学校の人気者二人を二股かけた挙句に手酷く別れたとなれば、他の生徒達から総スカンを食らうのは容易に想像がつく。

自分の置かれた状況が想像以上に厳しいものであることを察したのは、昼休みのことだった。廊下で顔見知りに挨拶しようと手を上げても、

「……うわ」

人によっては露骨に嫌そうな顔をして、あるいは完全に悠人を無視して、足早に歩き去っていってしまう。すれ違い様に汚物を見るような目を向けてくる女子グループもいて、すっかり悠人は同級生から目の敵にされているようだった。

購買部でサンドイッチを買う時も、何回も不躾な視線を向けられた。悠人はろくに商品を選ぶ余裕もなく、カツサンドと野菜ジュースだけを買って足早に購買部をあとにした。

針のむしろという言葉が頭に浮かぶ。今の僕にぴったりだな、と悠人は思った。

隣のクラス——二年B組の前を通りがかった時、悠人はつい教室の中をのぞき込んだ。叶葉の姿を探してしまったのだ。

叶葉は席に座り、友人たちと談笑していた。だが彼氏として一緒に過ごした悠人には分かる。いつもに比べて化粧が厚いし、まぶたが腫れぼったい。

きっと、一晩ずっと泣いていたのだろう。家の中で涙を流す叶葉の姿を想像して、悠人は胸

が潰れそうなほどに痛くなった。

叶葉の横に座る女の子が、悠人を指さした。叶葉の目がこちらへと向く。

「……ねえ、あれ」

「――――」

叶葉の笑顔が固まった。戸惑いと怯えが入り混じった目だった。

悠人は初めて、叶葉からそんな目を向けられた。

顔を背け、悠人は教室へと戻る。これ以上叶葉の様子を見ていたら、人目もはばからずに泣き出してしまうと思った。

目からこぼれそうになるものを必死にこらえて、悠人は自分の席に戻った。味のしないカツサンドを、無理矢理口の中に詰め込んでいく。

（……自業自得、か）

分かりきっていた結論を見せつけられ、悠人は自分の心が深い澱の中に沈んでいくのを感じた。

悠人が叶葉たちと修羅場を演じてから、一週間が過ぎた。針の筵としかいいようのない空気の中、悠人はただひたすら時間が過ぎることを念じ続けた。

待ちに待った週末、ようやく学校に行かなくて済むと悠人は胸を撫で下ろした。ふと起き抜

けにスマホを見ると、

『話があります。少し時間をもらえませんか』

叶葉からそんなメッセージが届いていた。かなり長い間逡巡したのち、悠人は待ち合わせ場所に向かった。

近所のファミレスは家族連れやカップルで賑わっているようだった。入り口のところには『ハンバーグセット！　大セール！　家族で食べよう！』とポップが立てられている。ファンキーな顔立ちをしたマスコットキャラ人形の隣で、悠人はじっと立っていた。

ふと店内に目をやると、窓際に座ったカップルが同じ皿のスパゲッティをつつきながら談笑している。どこにでもあるようなありふれた光景が、今に限っては激烈に悠人の心をえぐった。悠人は目を逸らし、じっとスマホをいじることに専念した。

しばらくすると、目の前に誰かが立つのが分かった。

「お待たせしました」

ゆっくりと顔を上げる。叶葉がいた。メイクで隠してはいるものの、目の下には濃いクマがある。悠人はごくりと唾を飲んだあと、おずおずと手を上げた。

「ひ……久しぶり」

叶葉は返事をしなかった。よく考えると悠人が叶葉たちと修羅場を演じたのはほんの一週間前のことなので、久しぶりというほどでもないのだが、なんだか随分顔を合わせていなかったような気がした。

「……何か用、かな」

叶葉は悠人をしばらく見つめたあと、くるりと踵を返し、そのまま歩き出す。ついて来い、ということだろうか。悠人たちは並んで店の中に入った。

週末ということもあってか店内に客の姿は多く、あちこちで家族連れが騒いでいる。店の奥のソファー席に案内され、悠人と叶葉はドリンクバーだけを注文した。

「カルピスソーダで良かった？」

「はい」

叶葉の前に飲み物の入ったコップを置く。悠人はメロンソーダを口に含み、唇を湿らせた。

（……うう）

分かってはいたことだが、気まずい。あの修羅場以来、叶葉とまともに顔を合わせたのはこれが初めてだ。当の叶葉は何やら思い詰めたような顔をして、じっとテーブルの上を見つめている。

また特筆すべきは、ファミレスの一角で何やら見覚えのあるガラの悪いおじさんたちがたむろしていることだろう。彼らは時々悠人にギラついた視線を送ってくる。そのうち一人、着流しを羽織った体格の良い男は、叶葉の父である日野剛造に違いない。申し訳程度にサングラスをかけて変装しているようだが、あんなものではごまかせるはずもない。

「さてと……。おい、ポン刀持ってこい」

「いや、ここで振り回すのはまずいですよ会長。いくらお嬢が手ひどく振られたからって」

「うるせェ！　うちの娘を泣かせたんだ、落とし前つけさせてやる」

悠人の視界の端で男たちが揉みくちゃしている。果たして自分は生きてこのファミレスから出られるだろうかと悠人は怪しんだ。

「……騒がしいですね」

叶葉がちらりと後ろを振り向くと、シャッと男たちは椅子の陰に隠れた。どうやら叶葉には内緒でついてきたらしい。

叶葉が悠人へと向き直ると、再び男たちはニュッと顔を出してこちらへと視線を向けてきた。だるまさんが転んだ状態である。

叶葉の顔は疲労の色は明らかで、悠人の胸が罪悪感で疼いた。

「まだ、今後のことをちゃんと話し合ってなかったので」

「……そう、だね」

叶葉が何を言おうとしているのか、おおよその察しはついた。悠人は唾を飲み、叶葉の言葉を待った。

「アイヴィスさんと付き合っていたのは本当ですか」

「……本当だ」

悠人は頷いた。今更事情を説明したところで、言い訳にしかならない。だから悠人は事実だけを淡々と伝えることにした。

ガタンと大きな音がする。見ると、着流しを羽織った中年男性がソファーを乗り越えてこちらへと飛び出そうとしているのを、数人の男が必死に引き止めていた。

「コンクリートと一斗缶を用意しろォ……」

「落ち着いてください、会長！」

「ここにはカタギの人いっぱいいますから！」

「俺に指図するんじゃねえ！」

店員さんたちが遠巻きに騒ぎを眺めている。しばらくドタバタやっていた男たちだが、叶葉が「……どうしたんでしょう？」と不思議そうに背後を振り返ると静かになった。

叶葉は首を傾げたあと、再び悠人へ向き直った。

「浮気をするような人とは付き合えません。恋人関係は、終わりにしましょう。──今日は、それを伝えに来ました」

淡々とした、事務的な口調だった。叶葉の中ではすでに意思は固まっているようだ。

悠人の頭の中を、叶葉との思い出が駆け巡った。初めてデートに誘った時のことや、告白がうまく行った帰り道、叶葉と行った数々のデートのことを思い出した。

嫌だ、と叫びそうになる。仕方のない事情があったんだ、君だけが好きだったんだ。見苦しい言葉が思わず口をつきそうになる。

総身の力で、それを喉の奥に押し戻す。悠人は長い時間をかけて、ゆっくりと頷いた。

「……分かった」

叶葉は長いまつ毛を伏せた。

「最後に一つ、訊きたいことがあります」

悠人は顔を上げた。叶葉は震える声で言った。

「私は今でも、あなたが裏切ったとは思えないのです。これまで会った中で、あなたはもっとも信頼できる人の一人だと感じていました。だからこそ、好きになったんです」

叶葉はコップに手を添え、ぽつりとつぶやいた。

「なんで、あなたが……」

悠人は答えられなかった。ただ、じっと手を握りしめて俯くことしかできなかった。

悠人にとって、辛い時間が続いた。

一度広まった悪評というものはそう簡単には払拭できない。高校生ともなるとあからさまな暴力や面と向かっての悪口を言う者はいなかったが、それでもことあるごとに無視されたり、折にふれてこれ見よがしな噂話をされるのは精神的に厳しかった。

アイヴィスが学校に来なくなったのも一因だろう。空席になったままの机を見ながら、「アイヴィスちゃんかわいそう」と誰かが話しているのが聞こえた。

あの誕生日を境に、進藤悠人はすっかり学年の嫌われ者になってしまったようだった。

「浮気ってこの世で一番気持ち悪い犯罪じゃない？　強盗も殺人も、お金がなかったとか相手が憎くてたまらなかったとか、どうしようもない事情が隠れてることがあるけどさ。浮気ってただただ自分の欲望に勝てなかっただけじゃん」

教室の中で、女子グループがそう語っていた。悠人はただ、ざらついた机を眺めることしかできなかった。

ある日の昼休み、悠人は購買部で菓子パンと缶コーヒーを買うため列に並んでいた。狭い購買部の中には生徒たちが密集していて、多くの視線が悠人に注がれている。

うわ、進藤だ。誰かがそう言っているのが聞こえた。

(……早く会計にならないかな)

薄汚れた室内履きをじっと見つめ、悠人は購買の列が進むのを待った。

しばらくしてようやく悠人の順番が回ってくる。悠人は品物を持って歩く。と、

「……ふん」

背の高い女子生徒がじっとこっちを見ているのに気づいた。見覚えのある顔だった。

(確か、七榎――篠川七榎さん)

叶葉の話に時々登場したので、顔と名前は知っている。だが直接話したことはなかったはず

だ。

七榎はゆっくりとこちらに歩み寄ってくる。悠人の心臓がやにわに強く脈打った。すれ違う瞬間、七榎はじっと悠人をにらみつけた。そののち、すっと目を逸らす。何事もなかったかのように、七榎は歩き去っていく。

「ちょっと、お兄ちゃん！　順番だよ！」

購買部のオバチャンが悠人を呼ぶ声がする。だが悠人の足は動かなかった。浅く、荒くなった呼吸をなんとか鎮めようと、悠人は必死に動揺を抑え込む。

すれ違った時の、七榎の目。言葉にせずとも、何よりも雄弁に軽蔑を突き刺してきた。

進藤悠人は十七歳だ。この歳になると、それなりに色々な経験を積んでいる。他人に馬鹿にされることも、怒られることも、呆れられることも、これまで何度もあった。

けれど、誰かに心底から侮蔑されたのは、生まれて初めてだった。

だが、これはまだ序の口でしかなかった。

叶葉に、新しい彼氏ができそう、という話が持ち上がったのだ。

叶葉と悠人は所属するクラスは違うが、体育や音楽など一部の授業では顔を合わせることがある。

その日は校庭を二つに分け、男女別にハンドボールの試合をしていた。

悠人はスポーツは得意というほどではないが、決して苦手でもない。こういう授業においては「チームにいたらまあまあ役には立つ」くらいのポジションでこれまで過ごしてきた。

だが本日の悠人はパスがまるで回ってこず、ただ校庭の片隅でぽつねんと立ち尽くしている間に試合が終わっていた。敵方も味方チームも、誰も悠人とは目を合わせてもくれない。

ただただ気が滅入る十分間を終え、悠人は校庭の隅っこに戻る。女子たちの様子を見ると、あちらも試合が終わったようだった。叶葉は試合に出ていたようで、同級生と談笑しながらコート外に戻っていく。

「……あ」

その途中、一人の男子が叶葉に話しかけていた。彼は叶葉と二言三言交わしたあと、白い歯を見せて手を振った。同性から見ても認めざるを得ないイケメンスマイルである。

（あの時の……）

以前、職員室の前ですれ違ったイケメンだ。相変わらず見ていて眩しいほどの笑顔だ。

悠人は心がざわつくのを感じた。叶葉に話しかけるイケメンや、はにかむ叶葉を見ていると、いいしれない不快感が湧き上がってくる。

悠人の近くに座る女子たちが、

「棚橋くん、めっちゃグイグイいくねぇ」

「昨日もお昼休みずっと話してたよ。ヤバいよね」

「そりゃそうでしょ。だってさ」

上ずった声で、楽しそうに女子の一人が言った。

「棚橋くんって、一年生の頃からずっと日野さん狙いだよ。彼氏がいる時はさすがに自重してたみたいだけど、ねえ？」

「あんなことがあったばっかりで、日野さんも落ち込んでるだろうし。……これは今度こそ、かもしれませんなあ」

「ちょっと、近くにいるって」

女子の一人が、隣の友達を小突いた。彼女たちはちらりと悠人に目を向けたあと、

「別にいいっしょ。なんてーか、身から出た錆？」

そう言ってケラケラと笑っていた。

体育の授業が終わったあと、悠人はつい目で叶葉の姿を探してしまった。

「──日野さんマジでスポーツなんでもできるんだね。僕にハンドボール教えてよ」

「いえ。そんな大したものではないですよ」

叶葉は棚橋と並んで歩き談笑しながら、教室へと戻っていった。その様子を遠巻きに眺めたあと、悠人はとぼとぼと自分の教室へと向かった。

「棚橋？　ああ、棚橋一誠か」

昼休み、今となっては唯一の友人である一本木と一緒に、悠人は体育倉庫近くのベンチで昼食を食べていた。もともと叶葉と会う時人目につかないように来ていた場所だが、クラスメートの冷たい視線を浴びずに済むという理由で今でもここに来ていた。

一本木は「マンションの隣の部屋に住む若妻のカナエさんが作ってくれたんよ」と言いながら手作り弁当を食らっている。タコさんウインナーをモサモサ咀嚼しながら、

「俺と棚橋は一年生の時はクラスが一緒だったんだけどさ。なんつーか、えらくモテるやつだよ。ツラは見ての通りだし、勉強もスポーツもできる」

首を傾げる一本木。

「なんだよ、急に棚橋のことなんて訊いてきて。何かあったのか？」

「……その、さ。棚橋くんが、叶葉さんを気に入ってるらしくって」

「ああ」

一本木は納得したような声を出した。

「棚橋が日野を好きだっていうのは有名だな。一年生の頃から噂になってた」

悠人の口の中に苦い味が広がる。自分以外の男が叶葉に好意を持って、異性としてアプローチをかけている。その事実だけでも気が狂いそうになった。だが今の悠人に、棚橋をとやかく言う資格が一切ないことも、また紛れもない事実だった。

悠人はハムサンドをじっと手に持ったまま、ぼそりと尋ねた。

「付き合うのかな」

「さあな。棚橋の方はもう決まってるだろうから、日野次第だろ」

一本木の答えは至極妥当だが、悠人は一層気持ちが落ち込んだ。

「別れた直後ってのは気持ちが落ち込んでて、大胆な決断をしがちだからなあ。勢いで付き合っちまっても不思議はないと思うぜ」

「……だよね」

悠人は気になったことを一本木に尋ねてみた。

「ちなみに、僕が棚橋くんに勝ってるところってあるかな」

「ないな」

悩む様子もなく一本木は悠人を両断した。

「スペックの話をするんだったら、そりゃもう棚橋の圧勝よ。チンパンジーとマイケル・クライトンくらい差がある」

「僕への配慮というか、思いやりはないのか？」

「そんなしょうもねえもんは捨てちまったよ」

一本木は肩をすくめた。

ハムサンドを食べる気になれず、剝き出しになった土をぼんやりと眺める悠人。その様子を

見てか一本木が、

「なあ、悠人」

先ほどと変わって、神妙な声を出す。

「どうなってんだ」

「……と、言うと？」

「俺はさ、恋愛で綺麗事を言ってるやつが大嫌いだ。一途な愛だの添い遂げるだの結婚式だの純愛だの、聞いてるだけで蕁麻疹が出る。だいたい、そういうことを声高に言ってるやつに限って、いざ浮気のチャンスが来たらホイホイついていくからな」

「お前はなんで高校生なのにそんなひねた考えを」

「うちの母親が不倫して家を出ていったからな。以来、人間なんてそんなものだと思ってるよ」

突如一本木家の壮絶な過去を明かされ、目をパチクリさせる悠人。だが一本木は特に気にした風もなく、

「誰だって欲や勢いに流されることはあるよ。でも自分の中の汚いところから目を逸らして、私は聖人でございます、なんて顔をしてるやつは反吐が出るね」

一本木はポンと悠人の肩に手を置いた。

「お前のさ、聞いてて恥ずかしいくらいの理想を大真面目に実行するようなところは、俺は結

構好きなんだよ」

一本木はいったん言葉を切り、首をひねった。

「釈然としねえ。他の誰かならともかく、お前が日野とアイヴィスちゃんと二股をかけるっていうのは、らしくない」

「……そう、かな」

「事情があるんじゃないのか」

一本木は悠人の顔をのぞき込んだ。この友人が思いのほか気を配っていたことを知り、悠人は息を呑む。

「──言え、ない」

やっとの思いで、その言葉を絞り出した。

一本木が悠人を心配しているのは分かった。できることなら、悠人が置かれた状況を全てぶちまけて、どれほど自分が頑張ってきたかを伝えたい。

だがこれは悠人だけの問題ではない。

──アイヴィスちゃんの正体や、宇宙人が実在することは、くれぐれも周囲に漏らさないようにしてくれ。これは君や、君の大切な人の命を守ることに繋がる。

かつて総理が語ったことを思い出し、悠人は口を引き結んで目を伏せる。

「やっぱり、何かあるみたいだな」

一本木は腰を上げた。

「まあ、お前の好きにすればいいと思うけどさ。何かあったら、言えよ」

悠人の喉がひくりと動いた。思わず言葉が口をつく。

「……優しくなんて、しなくていいのに」

「あ？」

一本木が不審げに眉をひそめる。悠人は校庭の芝をじっと見つめながら、自分でも抑えられないままに喋った。

「僕が叶葉さんとアイヴィスを泣かせたんだ。僕が、悪いんだ。そうだろ？」

「……悠人」

「やめてくれよ。思いやりなんて僕には分不相応だ。だって、こんなに最悪な話があるか？裏切ったんだぞ。僕のことを好きでいてくれた女の子を」

酸っぱい唾の味が口の中に広がる。ふとした拍子に胃の中のものを戻してしまいそうだ。自己嫌悪でどうしようもなかった。自分の体中を掻きむしって、肉を千切って捨てたいとすら思った。

「いっそメチャクチャに責めてくれればいいのに。僕は赦されるべきじゃない」

二股が悪いことも、自分以外の恋人がいると知った叶葉やアイヴィスがどれほど傷付くかも、悠人は分かっていた。分かっていて、それでも彼女たちを弄んだのだ。

おぞましかった。自分が他人を決定的に傷付けてしまえる人間なのだという事実に、身の毛がよだつ思いがした。

悠人（ゆうと）は吐き捨てる（はきすてる）ように言った。

「自分が、気持ち悪くて仕方がないんだ」

一本木（いっぽんぎ）は、何も言わなかった。

去り際、悠人（ゆうと）の肩（かた）に手を置いたあと、無言で立ち去っていく。

足音が遠ざかっていく。ベンチに座ったまま、悠人（ゆうと）はじっと動けなかった。

Nova 8. ニンパンジーとリベルガスケット

「いかがですかな。日本での暮らしも慣れましたか」

「ある程度は」

都内某ホテルの一室で、アイヴィスの従者であるシルヴィー・リベルガスケットは慇懃に頷いた。彼女の前には黒い服を着た男が数人、へつらうような半笑いを浮かべて椅子に座っている。日本政府の要職につく面々らしいが、どうも地球人の男は歳を重ねるとみんな同じような顔で見分けがつかなくて困る。

「本日の食事は京都の高級料亭から料理人を呼んでいます。きっとお口に合うでしょう」

「料理人にはニクマンを一緒に出すように伝えておいてください」

「は……？　肉まん、ですか？」

「我が皇女が、いたく気に入っていますので」

目の前に座る男――確か日本のナントカ大臣だったが、何度聞いても役職の名前を覚えられない――が横に立つ男に「肉まんの件、伝えておけ」と低い声で指示を出す。

彼は揉み手をしながら言った。

「進藤くんとはその後どうですかな。あれほどの好青年もなかなかおりますまい」

アイヴィスの今の様子を思い出し、一瞬だけシルヴィーの中に暗い怒りが湧き上がる。だが、ぐっとこらえた。

「ええ。アイヴィス様も楽しそうです」

「それは良かった。いやあ、アイヴィス様と懇意にしていただけるとは、進藤くんが羨ましいものですな」

シルヴィーは首を傾げた。

「羨ましい、とはどういうことですか」

「はい？」

「本来、アイヴィス様とあなたたち地球人は、支配し支配される関係ではあっても、仲良くなることはありません。地球がこうして宇宙の塵とならずに済んでいるのも、アイヴィス様の気まぐれで、お慈悲です」

「はあ」

「あなたたちだって昆虫や爬虫類に求愛されても気持ち悪いだけでしょう。地球人風情がアイヴィス様を異性として見るなど、言語道断。あなたたちには本来、お目にかかることも許されぬ立場の方です」

「……おっしゃる、通りで」

「感謝してくださいね」

シルヴィーはおもむろに席を立ち、出入り口を手で示した。

「何か他に用件はありますか？　私は我が皇女の世話で忙しいので、退出をお願いしたいのですが」

地球人たちは顔を見合わせたあと、改めてへらっと半笑いを浮かべた。「今後ともよしなに」と言い残して部屋を出ていく男たちを見送ったあと、シルヴィーは部屋の奥へと戻る。

豪勢なホテルの室内。その奥に置かれたソファーに、アイヴィスがうつ伏せで突っ伏している。クッションに顔を埋めているため表情が分からないが、ぐったりしていることは明らかだった。

「アイヴィス様。起きてください」

「……やだ……」

「今日はジャパン随一の料理人が来るそうですよ」

「……食べられない……」

「ニクマンもあるそうですよ」

「……ニクマン以外食べられない……」

この前からは少し立ち直ったかな、とシルヴィーは安心する。シンドウ・ユートの誕生日を祝うんだと意気揚々と出かけたはずのアイヴィスは、夕方ごろ泣きながら帰ってきた。事情を聞いたシルヴィーは内心で舌打ちでもしたい気分になった。

（ユート殿……。あまりに段取りが悪い）

進藤悠人が二股をかけていることも、そしてその背後には地球人どもの浅知恵があることも、シルヴィーは織り込み済みである。別に悠人が陰でどこの得体の知れない女と乳繰り合っていようと知ったことではない、隠し通してアイヴィスの相手をきちんとするならそれで良い――というのがシルヴィーのスタンスだったが、こうも早く二股が露呈するとは計算外だった。

以前に話した時の印象を振り返る。あの進藤悠人という青年は、元来は糞がつくほど真面目な人間なのだろう。だが実直さは裏を返せば嘘が下手ということだ。

（もっと上手くやってくれれば良いものを……）

アイヴィスは小惑星に接着した宇宙ヒトデのように動かない。シルヴィーは尋ねた。

「どうするんですか、アイヴィス様」

返事はない。シルヴィーは構わず続けた。

「星に帰りますか。母星でゆっくり休むのも、一つの案でしょう」

「……帰りたくない」

クッションに顔を突っ込んだままアイヴィスが言う。

「ユートと離れるわけにはいかないから」

シルヴィーはため息をつき、温くなってしまった紅茶のカップを片付け始めた。

「シルヴィーだって分かってるでしょ。ユートはもう、リベルガスケット星にとっても大事な人なの」

「それは……分かります。私たちは、そういう種族ですから」

一般的な人間同士の恋愛であれば、浮気男からはさっさと縁を切って次の恋を探せば済む話だろう。だが、アイヴィスにとってはそうもいかない。

リベルガスケット星人には、ある制約があるからだ。

「……ユート。なんで……」

果たしてアイヴィスがそう言うのを、昨夜から何度聞いたことか。すっかり傷心しているアイヴィスに覇気はなく、普段の皇女然たる佇まいは感じられなかった。

「シルヴィー……鼻水かみたい……」

「自分でやってくださいそれくらい。ほら、ティッシュです」

まずはぐったりした主人の世話を焼くことが優先だ。目を充血させて涙と鼻水をちょっと垂らしているアイヴィスの前に、シルヴィーはティッシュ箱を置いた。

＊＊＊

下校前のホームルームを終え、生徒たちは緩慢な仕草で帰り支度を始めた。相変わらずの最悪な気分で、悠人はさっさと帰ろうとカバンを手に取るが、

「ああ、進藤」

教壇に立つ担任——溝端が声をかけてくる。

「お前は少し残ってくれ。話がある」

「話？」

溝端は「ああ」と頷いていったん教室を出て行った。悠人だけ居残りをさせられるような用事に心当たりはなく首をひねるも、無視して帰るわけにもいかないので再び席に腰を下ろした。

待つことしばし。悠人は時計を見返し、

「……遅いな」

放課後の掃除も終わり、教室の中には悠人しかいない。まさか忘れられてないだろうなと不安になり始めたところで、ようやく教室の扉が開いた。

「待たせたな」

溝端はパンプスの音をツカツカと響かせ、悠人の机近くにやってきた。主人のいなくなった

机――アイヴィスの席に手をつき、溝端は口を開く。

「リベルガスケットがここ数日、無断で学校を休んでてな。保護者にも連絡がつかん」

悠人は曖昧に頷いた。

「進藤。お前リベルガスケットと仲が良かっただろう。何か知らないか」

気軽な口調で溝端が尋ねてくる。悠人はしばらく黙り込んだあと、

「……多分、もう学校には来ないと思います」

「ほう。事情を知ってそうな口ぶりだな」

「いえ、別に……」

溝端は探るように悠人の顔をのぞき込んだ。悠人は反射的に目を逸らした。

悠人が入学して以来、溝端はずっと担任だった。一番付き合いの長い教師ということになる。厳しいわけではないが、物事を曖昧なままにしてくれない。追及して欲しくないものまで突き詰めてしまう。

溝端はひょいとアイヴィスの机の上に腰を下ろした。足を組み、悠人を見下ろしてくる。

「お前たちくらいの年頃は全てが新鮮だよな。他人からみればありふれた恋愛でも、当人たちは命懸けだ」

「……何か聞いてるんですか」

「一通りはな。お前が隣のクラスの日野とリベルガスケット、両方一緒に付き合ってたことは

耳に挟んだよ」

溝端はカカカと笑った。

「大人しそうな顔してえげつないことするじゃないか」

「僕だって、したくてしたわけじゃない」

つい反論してしまう。溝端はくいと眼鏡の位置を直した。

「へえ。何か事情があったのか」

「……それは……」

「言いにくそうだな」

まるで天気の話でもするかのような気軽さで、溝端は続けた。

「それは、アイヴィス・リベルガスケットがリベルガスケット星の皇女だってことと、何か関係があるのか」

思わずうっかり聞き流してしまいそうな淡々とした口調で、しかし断じて聞き逃せないことを、溝端は言った。

悠人は目を見開き、担任の顔を見上げる。

「迷惑な話だよな。いきなり押しかけてきて、現地の男に一目惚れするとは。お前も大変だったろう。同情するよ」

「……なんで、知って……!?」

悠人は信じられない思いで言った。悠人が周りの誰にも言っていない以上、可能性は限られる。政府の関係者か、あるいは――。

「地球はもともと、私たちが先に唾をつけてたんだ。リベルガスケット星軍の連中がいきなり押しかけてきて寄越せと言われたからって、はいそうですかとは渡せないんだよ」

――アイヴィスと同じく、地球とは異なる地からの来訪者か。

悠人は椅子から立ち上がろうとしたが、足に力が入らずその場に尻もちをついた。

「み、溝端先生、あなたは……」

「私はラタヤナハ星人。溝端智美は地球での名前で、本当はティオ・ラタヤナハって言うんだ」

溝端がふいと手を振る。次の瞬間、彼女の手の形がぐにゃりと歪んだ。現れたのは爬虫類のように鱗に覆われた巨大な鉤爪だった。

「この前は驚かせて悪かったよ。あの皇女の手の早さには驚くな。お前も尻に敷かれてるんじゃないのか。ああいや、かえってああいうのは惚れた男には尽くすのかな」

悠人の頭に疑問符が浮かぶ。溝端はとんと手を叩いた。

「そうか、この格好じゃ分かりにくいよな。……これなら分かるかな」

溝端の顔が絵の具を混ぜたように歪む。悠人は息を呑んだ。

目の前に座っているのは、溝端とは全く違う顔をしている、どこかで見覚えのある若い女性

だった。悠人は必死に記憶を漁り、

——お兄さんかっこいいですよね。メアドとか聞いてもいいです？

「…………！」

「ピンときたみたいだな。良かったよ、覚えてもらってて」

あの時のコンビニ店員のお姉さんが、溝端智美の声で笑う。またしてもお姉さんの顔がぐにゃりと歪んだかと思うと、次には元の溝端の顔に戻っていた。

「擬態は私たちの得意技でね。人間のフリをして地球で暮らしている同胞は多いよ。地球は文明レベルは低いが、食事や住居が豊富で暮らしやすいしね。だけど、そこにリベルガスケット星軍がやってきてしまった。つい先月の話だ」

鉤爪の先が悠人の首筋に添えられる。刃物を突きつけられたような冷えた感触が伝わってきた。悠人は荒い息をつきながら、溝端の人間にしか見えない顔と、恐竜じみた異形の手を見比べた。

「そう怯えるなよ、進藤。先生も傷つく」

そんな冗談なのか本気なのか分からないことを言って、溝端は悠人の耳元に口を寄せた。

「お前だって、このままアイヴィス・リベルガスケットが引き下がるわけにはいかないことは分かってるだろう？」

「な、なにを言ってるんですか」

おや、と溝端は首をかしげた。

「ひょっとして、教えられてないのか」

「だから、なんのことですか」

「なるほど……。余程リベルガスケットはお前に惚れてたんだな。いじらしすぎて、年甲斐もなくときめいてしまいそうだ」

溝端は薄く笑い、悠人を見下ろした。

「お前がアイヴィス・リベルガスケットにかけた、呪いの話だよ」

「呪い……？」

「なあ、進藤。一つ、テストをしようか」

溝端は鉤爪を悠人の首元から離した。腰が抜けたまま、悠人は荒い息をつく。

「人間とチンパンジーは交配可能である。マルか、バツか」

悠人は何度か目を瞬かせた。溝端の質問の意図がつかめなかった。溝端は「おーい」と呆れたようにパンプスのつま先で床を踏み鳴らした。

「この間授業で話しただろ。お前、寝てたな？」

「……分からない、ですか」

「なんだ。覚えてるじゃないか。優秀優秀」

どこからともなく、溝端は愛用している例の伸び縮みする棒を取り出した。肩をペシペシ叩きながら、溝端は言葉を続ける。

「人間とチンパンジーのDNAはかなりの部分が一致している。染色体の数は違うが、いわゆる異種間交配では染色体の数が違う種族同士の子供も生まれ得ることが分かってるからな。ただ、実際のところ人間とチンパンジーのハイブリッド——ニンパンジーとでも呼ぶか？　こいつが生まれたという報告は絶無だ」

「……そんなの、思いついても誰も実験したがらない」

「進藤、お前は人間のクレイジーさを舐めてるよ。昔、ソビエト連邦の科学者は自分の精子をチンパンジーだけじゃなくてゴリラやオランウータンに至るまで片っ端から突っ込んだって話もあるんだよ」

そういえば確かに、以前溝端は授業でそんな感じのことを喋っていた記憶がある。だがニンパンジーの話がアイヴィスとどう関わるというのか。溝端の意図が掴めないまま、悠人は話の続きを聞く。

「人間の卵細胞は糖タンパクの膜で覆われ、人間の精子でしか溶かせない。生き物っていうのは大前提として、同じ種類同士でしか受精できないようになってるんだ」

けれど、と溝端は続けた。

「リベルガスケット星人は地球人とは根本的に異なる生き物だ。彼女たちは長い歴史をかけ、宇宙でも稀に見る独特な繁殖の様式を確立している」

悠人は嫌な予感がしていた。今から溝端が言うことを知ってしまえば、もう引き返せないという予感だ。

「問二だ、進藤。人間とリベルガスケット星人は交配可能である。マルか、バツか」

悠人はしばし逡巡した後、ゆっくりと首を縦に振った。

「可能なはずだ。そうじゃなきゃ……アイヴィスが僕にあそこまでこだわるのはおかしい」

「正解。お前頭いいな、学校のテストもっと本気でやれよ」

溝端はスッと目を細めた。

「リベルガスケット星人は宇宙で唯一の、他種族との交配を前提に繁殖する生命体だ。リベルガスケット星人は大半がメスだ。彼女たちは他の種類のオスと交尾し、受精して次世代のメスを生む」

悠人は絶句した。リベルガスケット星人の見た目は人間と近いから、彼女たちの生態について深く考えたことなどなかった。

だが言われてみれば、溝端の説明は納得できる。どんなに容姿が似ていようと、アイヴィスたちはこの地球からは遥か遠い星で生まれた、まったく別の種類の生命体なのだから。

「さて、ここからが本題だ。他種族と交尾し次世代を残そうと息巻いても、そもそも受精できなければ話にならない。しかしさっきの人間とチンパンジーの話通り、種類の違う生命体の精子と卵が受精するのは基本的に難しい。じゃ、どうするか」

溝端は「進藤」と呼んだ。

「お前、一番最初にリベルガスケットと出会った時、何をした」

「え……？」

「思い出してみろ。そこに鍵があるぞ」

悠人は必死に記憶を手繰り寄せた。アイヴィスと初めて会ったのは――そう、あの日だ。叶葉と付き合ったばかりで、浮かれてデートをした。図書館で一緒に勉強をした帰りのことだ。駅の近く、繁華街の雑踏の中でアイヴィスが話しかけてきて、

「――――！」

キスを、した。

「まさ、か」

「心当たりあるみたいだな」

思わず唇を押さえる悠人。溝端は「そういうことだよ」と肩をすくめた。

「繁殖相手にふさわしいオスを見つけると、リベルガスケット星人はまずその個体と体液の交換をする。その体液に含まれた遺伝情報を読み取って、自分の体を遺伝子レベルで作り替えるんだ。そのオスの精子が、もっとも受精しやすいコンディションを整えるためにな」

「そんな……そんな、メチャクチャなことが、できるんですか？　遺伝子っていうのはもって生まれたもので、後からは変化しないんじゃないんですか」

「そうだよ。銀河中探しても、こんな離れ業をできるのはリベルガスケット星人だけだ。頭がいい種族、腕っ節がいい種族の遺伝子を取り込んで洗練して、次世代に伝えていく。研究者の中には彼女たちを優良形質の強奪者って呼ぶ者もいる。言い得て妙だと思うね。リベルガスケット星人が一個体の戦闘力なら銀河最強って言われるのも、遺伝学的に明確な理由があるんだ」

悠人は溝端の言うことをなんとか頭の中で咀嚼した後、尋ねた。

「……でも、それが僕となんの関係があるんですか。呪いってなんなんですか」

「リベルガスケット星人は交配相手に合わせて自分の遺伝子を作り替える。そして、その相手以外のオスとは一切子どもを作れなくなるんだ」

悠人は何度か瞬きを繰り返し、溝端の言っていることを反芻した。やがて、その意味を理解し、全身から血の気が引く。

「理解したみたいだな？　言い換えると、アイヴィス・リベルガスケットは今後、進藤悠人としか交尾できない。無理に他のオスと交わろうとすれば拒否反応による多臓器障害——アナフィラキシーに陥り、死亡する」

「そんな……だって、それじゃ、アイヴィスは……アイヴィスはもう、僕としか……？」

「その通りだ」

溝端が頷く。悠人はようやく、溝端が言う「呪い」の意味を理解した。

——もう、ユートとしかできないし。

体育倉庫で悠人にそう囁いたアイヴィスの顔を思い出す。あの言葉は比喩でもなんでもなく、リベルガスケット星人として悠人を「選んだ」ということに他ならなかった。

アイヴィスは悠人としか子供を作れない。だが悠人が二股をかけてアイヴィスを振った以上、アイヴィスはもう子を成す手段がない。

悠人が、アイヴィスの子孫と、未来を奪ってしまった。

「そんな……嘘だ……」

悠人はガタガタと体が震え出すのを抑えられなかった。自分の罪の重さに、耐えられそうになかった。

溝端がつまらなさそうに鼻を鳴らす。

「お前の感傷に付き合っているわけにはいかないんだ。進藤、一緒に来てもらうぞ」

溝端がぐいと悠人の腕を引く。悠人は思わず反射的に振り解こうとしたが、

（う……動かない！）

宇宙人というのは誰も彼もが馬鹿力なのか。悠人が力を込めても、溝端は涼しい顔をしていた。悠人は尋ねた。

「何をする気なんですか」

「決まってるだろ」

溝端は薄く笑った。爬虫類のような冷たい笑みで、悠人の背筋を怖気が走る。

「リベルガスケットを、殺すんだよ」

悠人は目を見開いた。次の瞬間、

「――遅いぞ」

溝端が呆れたような声を出すのと同時に、悠人の脳天を割れるような激痛が走り抜ける。誰かに殴られたのだ。倒れる途中、床に転がされた消火器の赤いラベルが目に入った。膜を隔てたように溝端の声が濁って耳に届く。

「何してたんだ」

「もう一人の方が思ったよりも手間取りまして」

「言い訳はいい。ほら、荷物持ちはお前の仕事だ」

「はいはい」

「自覚を持て。我々の行動次第で、この星を支配するのが我がラタヤナハ星軍か、それともリベルガスケットの手中に落ちるかが決まるんだぞ」

悠人の体がふっと浮く感じがした。誰かに担ぎ上げられたのだ。悠人はぼやける視界でなんとか相手の顔をとらえ、

（……まさ、か……！）

うめき声を上げる。溝端だけではなく、この男もラタヤナハ星人だったとは。

同級生であり学年の人気者だった棚橋一誠は、端正な顔を不遜に歪めていた。

棚橋はもう一人、制服を着た女の子を小脇に抱えていた。少女の手足からはぐったりと力が抜けている。気を失っているようだ。その顔は見間違えようもない。悠人は心の中で叫んだ。

（かな、は、さん……！）

叶葉に何をした。そう尋ねようとした口は、しかし動かず。

悠人の意識は、泉に沈むように闇に落ちた。

Nova ■■■．君の倫理を問う

進藤悠人は夢を見ている。

叶葉とまだ付き合っていなかった時。手探りでお互いの距離感を測っていた時のことだ。

少し遠出して、星の見える展望台に誘った。叶葉ははしゃいで望遠鏡をのぞき込んでいた。

何時間も吟味してデート先を選んだ甲斐があったというものだ。デート当日に粗相がないよう、二回下見にも行った。

『進藤さんも見ますか』

そう言われて、悠人は望遠鏡前の座席に腰を下ろした。しかし隣に座る叶葉の息遣いと体温が気になって、星を見るどころではなかった。

帰り道、悠人の心臓は破裂しそうなくらいに脈打っていた。告白しようと思っていた。

――ずっと好きでした。付き合ってください。

何度も練習したセリフを、頭の中で繰り返す。あと数分も歩けば駅に着いてしまう。それまでに、伝えなくてはいけない。

（断られたらどうしよう）

今更になって、臆病風に吹かれそうになる。振られた時のことを考える。ごめんなさい、と言われることを想像する。

怖かった。長い片思いが、今日で終わりを迎えるかもしれない。そう思うと、足がすくんでどうしようもなくなる。

——釣り合ってないんじゃないか。

それは何度となく悩んだことだった。なんの取り柄もない自分が、どうしてこんな良い人と付き合えるのか。高望みせず、仲の良い友達でいれば良いではないか。

分相応をわきまえた方が良い。女性なんて、いくらでもいるのだから。

『進藤さん』

叶葉に名を呼ばれ、悠人は顔を上げた。隣を歩く叶葉は、コートの袖を口元に当てて笑っていた。

『今日はありがとうございました』

あまりに余裕がなくて、何を言ったのかは覚えていない。悠人の様子を見て、叶葉はくすりと笑った。

『あなたは優しい人なんですね』

その笑顔に、どうしようもなく惹きつけられた。

夜なのに、叶葉の顔だけが明るく輝いているように思えた。

『一つ、お願いが。……悠人さん、ってこれからは呼んでもいいですか』

妙な話だが。その言葉を聞いて、それまで胸の中を占めていた葛藤がすっと引いていった。

釣り合っていないかもしれない。

もっと手っ取り早いやり方もあるかもしれない。

女性なんて、他にたくさんいるのかもしれない。

それでも——自分には、この人しかいないと思った。

これから先、この少女と並んで歩いて、一緒に笑っていられたら、それはどんなに素晴らしいことだろう。

気づけば、悠人は立ち止まっていた。口が動いていた。

その日、悠人と叶葉は恋人同士になった。

＊＊＊

夢は途切れ、別の場面に切り替わった。

悠人は見知らぬ部屋の中にいる。見たこともない内装だ。薄暗い照明が部屋の中を照らしている。部屋の中には天蓋付きの大きなベッドが一つ置かれている。どことなく、淫靡な雰囲気の場所だった。

頭がぼんやりする。自分がなんでここにいるのか、何をしているのか。澱んだ思考は何一つ意味のある解を見いだせない。

部屋の扉が、静かに開く。入ってきたのは叶葉だった。白いバスローブ姿だ。手にタオルを持っていて、髪がしっとりと濡れている。白すぎる肌に水滴がつつと伝って落ちた。

『悠人さん。お待たせしました』

叶葉が微笑む。わずかに上気した顔は、悠人が見たことのない艶やかな表情だった。

ゆっくりと歩み寄ってくる叶葉。悠人の前に立ち止まり、息が掛かるほどに顔を近づけた叶葉は、それが当然であるかのように悠人にもたれかかり、ベッドへと諸共に倒れ込んだ。

（……あれ。何してるんだ、僕。なんだ、これ……）

うまく頭が回らない。隣に寝る叶葉の息遣いと、自分の鼓動だけが聞こえる。

叶葉と体がぴったりと寄り添う。重ねた手から熱が伝わってくる。耳元に寄せられた唇から静かな息遣いが漏れ、叶葉の吐息が産毛を震わせる。

『……したい、ですか？』

曖昧な質問。だが、それがどういう意味なのかは、薄々悠人にも察しがついた。

声が出ない。悠人の上で、叶葉が滑るように動く。いつの間にか悠人の服が脱がされて、肌と肌が触れ合っている。

——叶葉さん。

悠人は元恋人の名前を、今でも好きな女の子の名前を呼んだ。だが、

『違うよ。私は叶葉じゃない』

よく知っている声がした。

羽織ったバスローブはほとんどはだけていて、緋色の髪が燐光となってきらきらと輝いている。赤い蛍のようだ。

アイヴィス。宇宙からの来訪者。地球の敵。

悠人を好きだと言ってくれた、もう一人の女の子。

『ユート、好き』

アイヴィスは悠人に顔を近づけ、そのまま頬に口付けた。アイヴィスの舌が、つぅと悠人の肌をなぞる。ゾクゾクと甘辛い刺激が脳天から爪先を駆け抜けた。

『私の全部を見せるから。——ユートの全部も、見せて』

アイヴィスの手が悠人の太ももを撫でる。アイヴィスが体を起こすと、豊かな胸が目の前に現れた。雲のように捉え所なくふわふわと動いている。

『しよ。ユート』

アイヴィスが笑う。見惚れそうな笑顔だった。とても宇宙を支配する皇女には見えない。大

人への階段に足をかけた、一人の少女だった。

（――ダメだ！）

悠人は声にならない声で叫んだ。アイヴィスが悲しげに顔を曇らせる。

『なんで？　私に魅力がないの？』

違う。

『抱きたくないの？　性欲がないの？』

違う。

『私のこと、嫌いなの？　好きじゃないの？』

違う。違う。

そんな問題ではない。進藤悠人はアイヴィスを抱くことはできない。

それは、赦されない。

――なんで？

ふっと目の前が暗くなった。悠人の上ではらはらと涙を流すアイヴィスの姿が、風に吹かれた霧のようにさっとかき消える。

暗闇の中に、悠人は残された。

＊＊＊

どこまでも広がる暗闇の中で、悠人は独り、椅子に座っている。

『君は叶葉とアイヴィスと二股をかけたことを後悔しているのかい』

頭の中に「誰か」の声が響く。それはよく知っている声のようにも思えたし、会ったこともない誰かのようにも感じられた。

──後悔している。二人の女の子を、取り返しがつかないくらい傷つけてしまった。

悠人は膝元に目を落として言った。偽らざる本音だった。

『では、どうすれば良かったと思う？』

──選ぶべきだった。ちゃんと、一人を……。

『不正解だ』

誰かは盛大に鼻を鳴らした。

『君だって分かってるだろ？　あの状況でどちらかを選ぶことなんてできやしない。日野叶葉を選べば怒り狂ったアイヴィスは地球を滅ぼすだろうし、アイヴィスを選べば君の大好きな日野叶葉は嘆き悲しむだろう。あの親バカなお父さんが君の家に日本刀を持って押しかけてこないとも限らないしね』

誰かは諭すように言う。

『君はもっとうまくやるべきだったんだ。二股がバレないように、上手に立ち回るべきだった。せっかく両手に花だったのに、わざわざ自分で花束をどちらも捨ててしまった』

――そんなことはできない。二股なんて、したくなかった。

『君も知っての通り、あの二人は素晴らしい女性だ。一途で、君のことを一番に想っている。そんな女の子二人を手に入れたんだ、片方をわざわざ手放すなんてもったいない。そう思わないか？』

――思わない。恋人は一人を選ばなきゃいけない。

『そんなこと、誰が決めたのかな』

悠人は言葉に詰まった。

恋人は一人を選ばなくてはいけない。浮気をせず、一途に愛し続けなくてはいけない。それが倫理的に正しいことだ。

どうして、そう思っていたのだろう？

誰が、そう決めたのだろう？

――でも……現実に、僕が二股をかけて、あの二人は悲しんだ。恋人は特別で、一人しか作れない。それが社会のルールだ。僕たちは正しく生きなきゃいけない。

『それはただの思い込みだ。知っているかい。中国のとある部族では、部族全体で一つの個体と自分たちをとらえている。だから男性たちは生涯で部族全体の女性と分け隔てなく性行為をするし、女性たちも部族中の男性と性交渉をする。子どもは部族全体の子どもで、特定の父親や母親なんて考え方はない』

誰かは続けた。

『一人を選ばなくてはいけない、なんていうのは、ごく狭い範囲の世界で、ごく短い時代にだけ共有された考え方なんだ。決して、数百万年前から続く人類の歴史に通底する倫理なんかじゃない』

悠人は反論できなかった。彼はただ、断頭台に立つ死刑囚のように、真っ暗な空間にたたずんだ。

『君が正しく生きようと間違った生き方をしようと、人間は生まれて死んでいく。受精して着床して出産して成長して老化して死ぬ、その偉大な生命の流れに正しいかどうかなんてなんの関係もない』

違う、と悠人は叫びたかった。なのに、声を出せなかった。真綿を詰め込まれたように、喉から声が出なかった。

『倫理観は時代で変わる。何人もの女と結婚して養う男が褒め称えられた時もあれば、夫以外の男と逢瀬を重ねるのが風雅と言われた時代もあった』

だからね、教えてあげるよ——と誰かは憐れむように言った。

——愛なんてものは、どこにもないんだよ。

Nova 9: 不退転の戦い

シルヴィーが部屋に入ると、ここ数日全く同じ姿勢でソファーの上にうつ伏せになったままのアイヴィスが目に入った。そろそろソファーと一体化しそうだなとシルヴィーは思った。

「お帰り、シルヴィー……」

覇気のない声でアイヴィスが出迎える。「ただいま戻りました」とシルヴィーは返事をした。

この部屋も随分長く暮らしたな、とシルヴィーは部屋の中を見回す。元々長居する予定もなかった地球だが、思いのほか時間を取られてしまった。

だが、そろそろ期限が迫っている。シルヴィーは口を開いた。

「アイヴィス様。お話があります」

アイヴィスは「ん」とだけ返事をした。続けろということらしい。

「女王様から連絡がありました。我がリベルガスケット星軍は今も進軍を続けているようです。しかし……やはり、アイヴィス様不在では今ひとつ勢いに欠ける様子」

シルヴィーは淡々と続けた。

「一度帰星し、改めて軍の指揮を取ってもらいたいとのことです。あなたは軍団長なのだから、その職責を果たしなさい——と、言付けを預かっています」

「……やだ」

アイヴィスはそっけない口ぶりで言った。シルヴィーは首を横に振る。

「そういうわけにはいきません。あなたのために命をかけている臣民がいるのですよ」

「だったら女王が軍を率いればいいじゃん。私は引退します」

「またそのような駄々をこねる」

「みんなだって私の指示になんて従いたくないでしょ。男に騙されて、捨てられるような哀れな女のさ」

アイヴィスがどんよりとした声で言う。めっちゃいじけてるな、とシルヴィーはいっそ新鮮な気分になった。物心ついて以来アイヴィスと長い時間を過ごしてきたが、この皇女にもこんなみみっちい部分があったことは初めて知った。

その時、テーブルの上に置きっぱなしのアイヴィスの携帯が震えた。

「いいんですか」

「どーせインスタの通知か何かだよ」

アイヴィスはソファーに接吻したまま動かない。仕方ないのでシルヴィーは画面を確認し、

「……？」

目を丸くし、首をひねった。

「シンドウ・ユートの番号からですが」

「え？」

アイヴィスががばりと起き上がり、慌てて通話ボタンを押す。表示された名前は『ユート』だった。だが、聞こえてきたのは女の声だった。

『あ、どーもどーも。皇女サマ。聞こえてる？』

しばらく推し黙ったあと、アイヴィスが低い声を出す。

「誰、あなた」

『機嫌悪そうだな。ま、そりゃそうか』

電話口の向こうで、女はケラケラと笑った。

『私は長電話は好きじゃない。単刀直入に話そうか。進藤悠人は預かった。今から指定する場所に来い』

アイヴィスが目を見開く。シルヴィーは通話に耳を澄ませた。

『もちろん、約束をすっぽかしたら進藤悠人の命はない。だが私たちの指示に従う限りは、殺

さないでおくことは保証しよう』

「何が目的？　あなたたちは誰？」

『君からの質問に答える義理はないね。君たちがするべきことは、進藤悠人を見捨てるのかどうかを決めることだけだ』

通話は一方的に切れた。シルヴィーは即座にアイヴィスに釘を刺す。

「明らかに罠です」

アイヴィスは無言だ。じっと携帯を見つめている。シルヴィーは説得を続けた。

「彼らはあなたを皇女と呼びました。つまり、あなたの立場やシンドウ・ユートとの関係を知っているということです」

アイヴィスは無言だった。シルヴィーは畳み掛ける。

「間違いなくリベルガスケット星と敵対関係にある星軍の関係者でしょう。あなたの命を狙っている可能性があります」

アイヴィスは答えず、ゆっくりと腰を上げた。部屋の扉へと歩き出すアイヴィスを、シルヴィーは手で制止する。

「どいて、シルヴィー」

「できません」

アイヴィスとシルヴィーはにらみ合う。しばらくして、ふっとアイヴィスが視線を逸らす。

「言いたいことは、分かるよ。シルヴィーは私を心配してくれてるんだよね」

一呼吸置いて、アイヴィスが顔を上げる。

「ごめん」

シルヴィーは目を見開いた。次の瞬間、窓ガラスが割れる耳障りな音が響く。

ホテルの部屋は夜景を楽しめるようガラス張りになっている。その一面が粉々に砕け散っていた。窓際にシルヴィーは走り寄った。ビルとビルの間を飛び移って、赤い光が宵闇を裂いていく。

「……まったく、あの方は」

風に煽られてカーテンがはためく。足元で割れたガラスが乾いた音を立てる。シルヴィーは額を押さえてため息をついた。

＊＊＊

目が覚めた時、悠人は自分がどこにいるのか把握するのに時間がかかった。

周囲は薄暗く、肌寒い風が服の隙間に潜り込んでくる。空を見上げると曇り空にわずかに星が瞬いていて、もう夜らしい。

硬いコンクリートの上に寝転がされている。悠人はうめき声を上げ、体を起こそうとした。

すると、

「お目覚めか」

近くに立っていた女性が声をかけてきた。溝端だ。黒いスーツ姿は闇夜に溶け込んでいて、手元のスマホの光が彼女の顔を照らしている。

悠人は膝立ちになり、周囲を見回した。見覚えのない場所だ。巨大な倉庫がいくつも横並びに立ち並んでいる。振り返ると後ろ側には海が広がっていて、鼻腔を潮の臭いがくすぐった。

「この埠頭は千葉の某所にあるんだが、管理会社がラタヤナハ星人の経営でね。あまり人に見られたくないことをする時は、よく利用する」

溝端はスマホをしまい、悠人を見下ろした。

周囲には数多くの人がたたずんでいる。くたびれたサラリーマンや私服姿の女性、金色に髪を染めた若い男やセーラー服を着た中学生くらいの女の子と、顔ぶれはバラバラだった。だがこの場にいるということは、

（……この人たち全員、ラタヤナハ星人か）

これだけの人数がいるというのに、一切の喋り声は聞こえてこない。不気味だった。

「逃げようなんて思わないことだ。お前にはこれから一仕事してもらう」

溝端が淡々とした口ぶりで言った。悠人は尋ねる。

「何を、する気なんですか」

溝端は服のシワを伸ばしながら言った。

「お前はアイヴィス・リベルガスケットにとって絶対に必要な人間だ。彼女が子孫を生むためにはお前が必須だからね。だから、こうやってお前をエサにすれば、必ずリベルガスケットはやってくる」

「……人質、ってことですか」

「話が早くて助かる」

溝端はくつくつと笑った。

「先ほどリベルガスケットに連絡を入れた。進藤悠人を取り戻したければここに来いとね。約束の時間まで、もうしばらくある。世間話でもして待ってようじゃないか」

悠人はかぶりを振った。

「アイヴィスにとって、僕はもう赤の他人で、忘れたい過去の人だ。命懸けで助けに来るなんて、考えられない」

「進藤。お前は若いから知らないんだよ」

「何を、ですか」

「女の執念――ってやつをさ」

溝端はメガネの奥の目を細めた。

「アイヴィス・リベルガスケットは必ず来る。お前を助けにな」

悠人はぐるりと周囲を見回した。

「叶葉さんはどこですか」

「ん？　ああ、そこにいるよ」

溝端はぴっと人差し指を伸ばした。見ると、叶葉は地面の上に無造作に転がされていた。意識はないようだが、幸い明らかな怪我はない。

「叶葉さん！」

悠人は駆け寄った。肩を揺すって起こしても返事はない。悠人の顔からさっと血の気が失せたが、

「薬が効いてるんだろ。死んではいないよ、安心して」

悠人に声を掛ける者がいた。見上げると、棚橋一誠が微笑んでいた。悠人は低い声で言った。

「……君も、ラタヤナハ星人だったんだな」

「うん。気づかなかったでしょ？」

棚橋は楽しそうに笑って、右手を掲げた。風船が膨らむように肉が膨張し、鱗に覆われた手が露わになる。かと思うと、瞬きをする間に元通りに人間の体に戻る。どうやらラタヤナハ星人は自在に体を変形させることができるようだ。

悠人は叫んだ。

「叶葉さんは関係ないだろ。アイヴィスを呼び出したいにしても、彼女は無関係だ」

「彼女をここに置いておけば、君はおいそれと逃げ出すわけにはいかない。君がこの子に並々ならぬ感情を持っているのは、僕も知っている」

悠人は砕けそうなくらいに歯を噛み締めた。棚橋は続ける。

「それにね。もう一つ理由がある」

棚橋はぽりぽりと頬をかいた。

「その子を連れてきたのは、僕の都合なんだ。アイヴィス・リベルガスケットの捕縛に成功したら僕たちは母星に帰るつもりだからね。その時、日野叶葉は一緒に連れて行こうと思って」

「……は？」

悠人は思わず問い返した。棚橋は肩をすくめる。

「やだなあ。君も知ってるでしょ？　僕はね、その子を気に入ってるんだ」

棚橋は悠人を見下ろし、くつくつと笑った。ぞっとするような笑みだった。

「地球で過ごした数年間は実に退屈だった。お土産でも持って帰らないと、割りに合わないさ」

「みや、げ？」

「うん。地球人はペットとして人気が高いんだ。非力な割に頑丈で多少乱暴に扱っても壊れないし、見た目も良いからね。特にこの子は特別だ。本当は身も心も僕のものにして、逆らえないようにしてから連れ帰りたかったんだけど……。時間がなくなってしまったからね。仕方ない」

悠人の頭が真っ白になった。思わず摑みかかろうとする悠人だが、

「ガッ！」

あっという間に組み伏せられる。顔をコンクリートに押し付けられ、土と血の味が口の中に広がった。楽しそうな棚橋の声が聞こえる。

「弱いなあ。可哀想に。自分のものが取られそうになったらそりゃ怒るよね。分かるよ」

押さえつけられた後頭部からギチギチという音がしている。捻りあげられた腕は無理な角度に引っ張られていて今にも脱臼しそうだ。悠人は痛みを堪えて言った。

「……お前は」

「ん？」

「叶葉さんを、どうする気だ」

「いいよ、分かるまで繰り返そう。僕の星——ラタヤナハ星に連れ帰って飼おうと思う。ああ安心してくれよ、ちゃんと餌は与えるし、病気にならないように清潔な家も用意しよう。望むなら、性行為に抵抗を感じなくなるよう薬を与えて理性をなくしてあげてもいい」

悠人は雄叫びをあげた。自分でも何を言っているか分からないまま、怒りのままに全身に力を込める。

遠くで見ていた溝端が呆れたように声を投げる。

「壊すなよ」

「そこは気をつけてますよ。でも、骨の一つ二つは折れててもいいでしょう？」

「好きにしろ。悪趣味だな、お前は」

「あなたに遊び心がなさすぎるんですよ、溝端先生」

「お前が私を先生と呼ぶな、気持ち悪い」

悠人はかすれる声を絞り出す。

「叶葉さんに、手を、出すな」

「それは無理だな。だいたい、なんの権利があってそんなこと言ってるの？」

嘲るように、棚橋は言った。

「君とこの子はもうなんの関係もない。元カレに過ぎない君が、ずいぶん出しゃばるねえ」

ギリ、と悠人は歯噛みした。棚橋は悠人の耳元に口を寄せた。

「ひょっとして、まだ未練たらたらなのかな？　だとしたら今のうちにお別れを済ませておいた方がいいと思うよ。なあに、心配しなくてもいい。地球には人間のメスなんてわんさかいるからね。代わりはいくらでも見つかるさ」

悠人は手足に力を込めてもがいた。「釣り上げられた魚みたいだな」と棚橋は笑った。

棚橋はぽんと手を叩いた。

「そんなに日野叶葉を守りたいなら、そうだ。一つゲームをしよう」

ふっと悠人を押さえていた力がなくなる。見ると、いつの間にか棚橋は少し離れた場所に立っていた。

「今から君を殴る。立っていられたら君の勝ち。起き上がれなくなったら僕の勝ち。シンプルだろ？」

棚橋がくつくつと笑う。

「君が勝ったら、日野叶葉には手を出さない。このまま無傷で、指一本触れずに帰すと保証しよう。で、君が負けたらこの場で凌辱する。泣き喚いても赦しを請うても、絶対に聞き入れない」

暗闇の中に、棚橋の姿がぼんやりと見えている。

「僕さえ倒せば、彼女は自由の身になれるぞ」

ほら、と棚橋は目をすがめた。

「アイヴィス・リベルガスケットが来るまでの余興だ。いくぜ、人間」

棚橋が一歩踏み込む。次の瞬間、悠人の体がトラックにぶつかったような衝撃をもって吹っ飛んだ。冗談のような距離をボールのように跳ね飛び、悠人はコンクリートに叩きつけられる。

「がっ……あ……」

左腕が変な方向に曲がっている。咳き込むたびに血の味がした。

「終わりかい、進藤」

遠くで棚橋が笑っている。

「地球人は軽いなあ。今の、全然本気のパンチじゃないぜ？」

ゆっくりと棚橋が歩み寄ってくる。宵闇の中で、棚橋のつり上がった口の端が仮面のように浮かんでいる。

何かの拍子に泣き出してしまいそうだった。ついこの間まで、平凡な毎日を送って、可愛い彼女ができて浮かれていただけの自分が、どうしてこんな目に遭うのか。世界を救えと言われて、したくもない二股をかけて、挙句にこうして宇宙人にリンチを受けている。

息が上がる。逃げ出したくてたまらない。おそらく骨が折れているのであろう左腕が失神しそうなくらいに痛い。

ずるずるとコンクリートの上をはいずる。きっちり一定の距離を空けて、棚橋は悠人についてくる。

「おいおいおい、逃げるだけじゃ何も変わらないだろう。それとも、降参かい」

悠人は唾を飲んだ。視界の端に見えたのは、相変わらずぴくりとも動かない叶葉だった。

唇を噛み、悠人は両足に満身の力を込める。ガクガク変な震え方をする足に活を入れ、悠人は再び立ち上がる。棚橋は不思議そうに首を傾げた。

「君も頑張るなあ。なに、地球人の間だとそういう暑苦しいの流行ってるの？」

ふっと棚橋の姿がかき消える。と、突然目の前に棚橋が現れ、ぐんと足を振りかぶった。回し蹴りが悠人の鳩尾をとらえる。息が止まった。ぱきぱき、と小枝を折るような音を立てて肋骨が砕ける。一拍遅れて、悠人は地面に叩きつけられた。

「オッ……オエエッ……！」

酸っぱい吐瀉物が口の中に満ちる。耐え難い不快感だった。ベチャベチャベチャと胃の内容物がコンクリート上にぶちまけられた。

「さてと。それじゃ、お楽しみだ」

棚橋が踵を返す。おもちゃを前にした子供のようにワクワクした口ぶりだった。

「ねえ進藤悠人、ちゃんとそこでしっかり見て、感想を聞かせてくれよ？　僕は後輩思いだから、他のラタヤナハ星人たちと一緒に楽しむことにするよ。日野叶葉ってこう見えて気が強いから、最初は抵抗するだろうなあ。どれくらい殴ったら大人しくなると思う？　僕は一時間くらいだと思うんだけど、君の意見も後で教えてくれよ」

棚橋はゆっくりと歩き出す。だが、

「……しつこいなあ」

両手を伸ばし、その足に追いすがった悠人を見て、棚橋がため息をつく。

「せっかく加減して、いい感じに意識は飛ばないくらいの怪我で済ませたんだ。変に抵抗しないでくれよ」

ガッ、と棚橋は悠人の頭をサッカーボールのように蹴りつける。脳天を痺れるような痛みが駆け抜けた。

それでも手は放さなかった。悠人は両手に力を込めた。

「その辺にしとけ。進藤は大事な駒だ。これ以上傷つけるな」

「でもティオさん、こいつしつこくて」

溝端が近づいてくる。彼女は悠人に言った。

「進藤、そろそろ諦めておけよ。アイヴィス・リベルガスケットが来たら、お前の仕事はもう終わりだ。日常生活に帰してやるし、その後は私たちは関与しない。また新しい彼女でも作ればいいじゃないか。何も別れた女にいつまでもしがみつくことはないだろう」

溝端は淡々とした口調で続けた。

「考えてもみろ。ここで日野を頑張って助けたとして、それがお前にとってなんのメリットがある？　もうお前とはなんの関係もない女だ。新しい男を作って、知らない場所で勝手に幸せになるんだろうよ。それはそれで腹立たしいとは思わないか」

朦朧とした視界はもはや意味ある情報を網膜に映さない。耳鳴りがする。全ての音が遠く濁って聞こえる中、なぜか溝端の言葉だけが鮮明に聞こえた。

「お前は日野叶葉に執着してるだけだ。自分のものを取られた悔しさを、愛情と勘違いしてる。いいか、進藤。愛なんてまやかしで、自己満足でしかない。お前が日野に感じている気持ちは愛じゃない。そんなものはどこにもない」

棚橋が水を払うように足を振る。悠人の体が宙を舞った。悠人は脳天からコンクリートの上に叩きつけられ、ミミズのように地べたを這った。

（……ああ……痛い……）

全身から痛みの波が押し寄せて、わけが分からなくなりそうだった。頭がぼんやりする。リベルガスケット星人や、ラタヤナハ星人や、世界を守れと言われたことや、遠くで悠人を嘲笑っている棚橋のことが、頭の中からぼろぼろと削れていく。

パズルのピースがこぼれるように思考が欠けていって、最後に残ったのは、

（……かな、は、さん）

かつて愛していると言った、そして今でも大好きな女の子との思い出だった。

叶葉が笑っている。好きだ、付き合ってくれと言われて、叶葉が涙ぐんで微笑んでいる。

一緒に色んなところに行った。動物園に行った時、食い入るように猿の交尾を見つめる叶葉を、苦笑いしながら眺めた。初めて食事を共にしたデートでは叶葉が薦めた中華料理店に行ったが、正直味なんて一つも覚えていない。目の前に座る叶葉に、ただただ見惚れていた。

（嫌だ。行かせ、ない）

分かっている。この先、叶葉と自分の道が交わらないことなど、よく分かっている。ほかならぬ悠人自身が、その未来を打ち砕いてしまったのだから。

いつかきっと、叶葉の横を悠人以外の誰かが歩くのだろう。悪い男に引っかかったこともあったなと苦い思いをしながら、いずれは悠人のことを思い出さなくなってしまうのだろう。

それでも。

(動け。動けよ。まだ、やらなきゃいけないことがあるんだ)

役立たずになった手足を叱咤する。アドレナリンで痛みに蓋をする。震える足を動かし、無理矢理片膝をつく。

——愛なんてまやかしで、自己満足でしかない。お前が日野に感じている気持ちは愛じゃない。そんなものはどこにもない。

溝端の言うことは正しいのかもしれない。愛はまやかしで、自己満足。そうかもしれない。命が生まれて死んでいく過程に、愛なんてものの出番はない。愛なんてものがあろうとなかろうと、生物は交尾をして子孫を残して、死んでいく。

それでも、愛はある。

悠人は立ち上がった。体を起こしたそばから、ぼたぼたと口から血が垂れてコンクリートにシミを作る。一瞬でも気を抜けば失神しそうな激痛の嵐だった。

けれど、膝を折ることだけは、しなかった。

「叶葉さんに……手を、出すな」

いい加減にしろよこのカス、と棚橋が怒鳴った。棚橋がこちらへと歩いてくる。好都合だ。まだ拳は握れる。まだ、この赦し難い男を殴る力は残っている。

視界の端に、横たわる叶葉が映った。これまでありがとう、と心の中でつぶやいた。

これが別離だろう。

いつかきっと、君の隣には他の誰かが立つだろう。

そうだとしても、君の幸せを願っている。

笑顔でいてくれることを、祈っている。

だから、ここだけは、負けられない。

(さよなら)

棚橋が拳を振りかぶる。その顔はもはや人間のものではなかった。ぬめった鱗に覆われた、爬虫類のような顔だった。ぎょろりと見開かれた目玉には悠人への嫌悪と、ほんのわずかな恐怖が見え隠れしていた。

「――――」

風が吹く。次の瞬間、棚橋の体が高く高く打ち上げられた。放物線を描いて、棚橋は倉庫の壁に激突する。

悠人は目を瞬かせた。いつの間にか目の前に誰かが立っていた。ぼやけた目でも、それが誰なのかははっきり分かった。

　こんなに綺麗な緋色の髪は、見間違えようもないだろう。

「来たか」

　溝端が憎々しげに言い放った。

「――アイヴィス・リベルガスケット！」

　アイヴィスは目に怒りをたたえて、ゆっくりと周囲に居並ぶラタヤナハ星人を睥睨した。

＊＊＊

　ティオ・ラタヤナハ――溝端智美が地球に滞在を始めておよそ二年ほどになる。

　元々彼女はラタヤナハ星軍所属のスパイである。擬態を使い正体を隠すのが得意なラタヤナハ星人は工作や暗殺に秀でる。教師として日本国の生活に溶け込みつつ、地球を拠点としている他星の者を排除・抹殺するのが彼女の仕事だった。

　リベルガスケット星の皇女が地球に来ているという話が飛び込んできたのは、任期が終わりに近づいて帰星の日程をのんびり決めている最中のことだった。

　聞くと、リベルガスケット皇女は地球人の男に入れ込んでしばらく地球に滞在予定という。

　長らくの星間戦争でリベルガスケット星軍に煮湯を飲まされ続けてきた溝端たちにとって、未曾有のチャンスだった。

進藤悠人を人質に取り、アイヴィス・リベルガスケットを無力化してラタヤナハ星に連れ帰る。シンプルで、それでいて効果的な策だ。うまくすればリベルガスケット星軍を無血で吸収できる。

ラタヤナハ星人は夜目が利く。暗闇の中でも、埠頭に立つアイヴィスの姿はよく見えた。

「やっと来たか。待ちくたびれたよ」

溝端は傍らの進藤悠人を引き寄せた。左腕の擬態を解いて悠人の首筋に爪を突きつけながら、溝端は口の端を持ち上げる。

「見ろ、進藤。先生の言った通りだろう」

悠人は答えない。というより、喋る余裕がないのだろう。首元に溝端の爪を突きつけられた少年は、浅くて荒い呼吸を繰り返している。

「女の執念ほど恐ろしいものはないぞ」

溝端はアイヴィスに視線を移した。今にも火花を散らしそうな凄まじい目つきでこちらをにらんでいる。

「地球人だとばかり思ってた。なんで気づかなかったのかな」

「光栄だね。私たちの擬態はリベルガスケット皇女でも見抜けない」

「そのヌメヌメした手があなたたちの正体？　気持ち悪い」

「なんとでも言いなよ。でも、忘れるなよ――」

溝端は左手に力を込めた。爪の先がほんの数ミリだけ悠人の首筋を裂く。赤い血が伝って落ちた。

「私の気分次第で、この少年は死ぬ」

アイヴィスの目に隠しきれない動揺が走る。溝端は周囲の仲間に目配せをした。彼らは頷き、アイヴィスをゆっくりと取り囲む。数にしておよそ百名だが、リベルガスケット星人を相手取るのであれば最低でもこの頭数は必須だ。リベルガスケットは戦闘力については宇宙で比類なしとまで謳われる種族である。

溝端はパチンと指を鳴らす。すると、

「――くっ！」

アイヴィスの両手が、何かに引っ張られるようにぐいと上向きに引っ張られる。見えない手錠がアイヴィスの手を戒め、その動きを封じる。

「統合宇宙警察も使う拘束具だ。いかにリベルガスケット星人の馬鹿力でも抜けられまい」

アイヴィスを囲むラタヤナハ星人たちの手には黒光りする銃器や刃物が握られている。これから行われようとしていることを想像してか、アイヴィスの顔が歪む。

「殺しはしない。……死ぬのと同じくらい、辛い目には遭うかもしれないけどな」

このままアイヴィスを無力化して連れ帰れば、リベルガスケット星軍と交渉するにあたってこれ以上ない切り札となる。

短い期間だが教え子として接した相手にこのような仕打ちをすることに、じくりと胸の奥が痛む。罪悪感を抱いたことに、他ならぬ溝端自身が驚いた。

（……少し、長く地球に居過ぎたかな）

意識を切り替え、懊悩を振り払う。白鷺高校二年C組担任の溝端智美は、今日ここまでだ。ここから先はティオ・ラタヤナハとして仕事を全うしなくてはいけない。

声を張り上げる。

「お前が地球にやってきたと聞いた時、千載一遇のチャンスに胸を躍らせた。今日は我が星にとって、記念すべき日になる」

溝端は大きく息を吸い、号令を下す。

「やれ！」

その言葉を皮切りに、ラタヤナハ星人たちが一斉に動く。引き金に添えた指に力が込もる。

爆裂音が夜の帳を裂いた。

＊＊＊

絶望的な状況だった。

アイヴィスは丸腰で一人。見えない拘束具で宙吊りにされたアイヴィスは苦しそうに身をよじっている。

対して彼女を取り囲むラタヤナハ星人は百に迫り、各々が銃火器で武装している。

溝端の束縛から逃れようにも、さっきの棚橋との争いで傷ついた体はぴくりとも動かない。

悠人はうめいた。

「……アイヴィス。逃げろ……」

そんな悠人の願いも虚しく、溝端が命を下す。

「やれ！」

銃口が一斉にアイヴィスを向く。撃鉄が鳴る。ラタヤナハ星人がアイヴィスに殺到する。

だが次の瞬間、凄まじい轟音が響いた。

「が——あ——」

息ができない。耳と目が痺れて使い物にならない。立っていることができず、悠人はその場に膝をついた。

（なんだ——？　何が起きた？）

訳がわからず動転する悠人。だが、突然ぐいと腕を引かれる。

「こっちです」

ふわりと体が宙を浮く。次の瞬間、悠人は背中からコンクリートに叩きつけられた。

「かはっ！」

肺から空気が漏れる。なんとか上体を起こすと、この場にあまりにも不似合いなメイド服が目に入った。お面のような無表情がぬっと目の前に現れ、悠人はびくりと肩を震わせた。

「ご無沙汰しております」

「……シルヴィーさん？」

シルヴィーはメイド服の裾を直している。悠人は尋ねた。

「なに、を、してるんですか。なんで、ここに」

「愚問です。私は我が主に従うのみですので」

悠人は咳き込んだ。周囲に粉塵が舞っていて、息を吸うと気道が痒かった。

「シルヴィーさん。アイヴィス、が……」

必死の思いで悠人は声を絞る。だがシルヴィーは動揺した様子もない。悠人の顔をハンカチで拭ったあと、

「怪我人はおとなしくしていてください」

ペチンと悠人の額を叩いた。すでにボロボロの体はそれだけで倒れ込みそうになったが、なんとか悠人は踏ん張った。

「でも」

先ほどの光景が頭をよぎる。アイヴィスを取り囲むラタヤナハ星人たち。どうしてそんなに

余裕なんだよとシルヴィーに思わず詰め寄りそうになる。

「アイヴィスが、危ないんです」

「危ない？」

シルヴィーは首を傾げた。

「どこがですか」

「どこが、って」

悠人は周囲をきょろきょろと見回し、目を見開いた。

隕石が落ちたあとのように、地面がひび割れていた。巻き上げられた粉塵の向こう側で、ラタヤナハ星人たちがあちこちに倒れ伏していた。

悠人はアイヴィスの姿を探す。いた。放射状に割れたコンクリートの中心部に立っている。幸い目立った怪我はなさそうだ。

「それっ」

アイヴィスが気の抜けた声をあげ、両手に力を込める。次の瞬間、ガラスが砕けるような音を立ててアイヴィスの両腕を戒めていた拘束具が解ける。

制服の袖に付着した粉塵を手で払いながら、アイヴィスはゆっくりとこちらへ歩み寄ってきた。

「ユートは？」

「見ての通り、無事ですよ」

「良かった」

アイヴィスが笑う。だがその背後から、

「……アイヴィス……！」

低く、煮えたぎるような声。悠人は思わず情けない悲鳴を上げそうになった。

ぬるぬると湿った体表。人間に比べて一回りも大きい体躯。眼球はぎょろぎょろとよく動き、爬虫類じみた細い瞳孔がこちらを見据えている。

アイヴィスが目を細める。

「それが本当の姿？　溝端先生」

悠人は思わず耳を疑いそうになる。あの怪物が、本当に悠人の担任だった溝端智美だというのか。溝端は口の端から泡を飛ばして呼吸を繰り返す。

「脱皮で逃げたか。便利な能力」

アイヴィスの視線の先を追うと、粘液の付着した透明な物体が地面にへばりついている。ラタヤナハ星人は地球で言うところの爬虫類に似ると聞く。トカゲやヘビのように脱皮できるということなのだろうか。

溝端が問う。

「何をした。どうやってあの包囲を」

「別に、大したことしてないよ。私はただ――」

アイヴィスは踊るようにすっとつま先を上げ、そのまま足を下ろした。次の瞬間、爆音が辺りを包む。耳元を空気が坂巻いて通り過ぎていく。大地がぐらぐらと揺れた。

「――ッ」

直下地震を食らったような衝撃で、悠人は慌てて頭を守った。アイヴィスは言った。

「こうやって、足踏みしただけ」

「……馬鹿な」

溝端がうめく。アイヴィスは酷薄に笑った。

「それより、ボーッとしてていいの？」

一歩、悠然とアイヴィスは踏み出す。

「今から私にボコボコにされるのに」

「ほざくな。状況は未だ我々に有利だ」

ラタヤナハ星人たちが次第に起き上がってきている。悠人の顔から血の気が引いた。

「大丈夫です。あなたはそこで見ていればよろしい」

なのに、焦る悠人とは対照的に、シルヴィーは異様なほどに落ち着き払っている。

「元々、リベルガスケット星軍は銀河に数多く点在する弱小星軍の一つに過ぎませんでした」

シルヴィーが語り始める。なんの話だと悠人は問おうとするが、咳き込んでしまって声は出せなかった。

「アイヴィス様が軍団長に任命されたのは、地球の時間に直して三年ほど前のことです。この三年で我が星は支配星域を倍増させ、数多くの敵対星軍を撃滅してきました。アイヴィス様の采配によるものです」

悠人は信じられない思いでアイヴィスを見た。

「確かにアイヴィス様は恋愛に関してズブの素人で、どうしようもない奥手の恥ずかしがり屋で、独りよがりで、なんにも分かっちゃいない尻の青い小娘ではありますが」

「ボロクソに言いますね……」

「しかし、リベルガスケット星軍の軍団長で、歴代最強と謳われる皇女です」

いつの間にかシルヴィーは叶葉も回収していたようだった。叶葉と悠人、二人を背にしてシルヴィーは立つ。

「この程度の戦力でアイヴィス様を殺せると思っているのなら、そもそもラタヤナハ星人は大きな誤算をしている」

ラタヤナハ星人がアイヴィスを取り囲み、銃を構える。絶体絶命にしか思えない状況下で、アイヴィスは落ち着き払っている。

溝端が叫んだ。

「撃て！」

銃声が響く。いくつもの銃弾が風を切る。思わず身をかがめ、体を低くする。だが、

「遅い！」

アイヴィスの姿がふっとかき消える。次の瞬間、密集するラタヤナハ星人の中に、突然アイヴィスが現れた。

衝撃が悠人の腹を揺さぶる。思わず閉じていた目を開くと、アイヴィスの周りにラタヤナハ星人たちが、弾けたポップコーンのように宙を舞っていた。どさりと地面に落ちる彼らの様子が、ひどく鈍いものに思えた。

アイヴィスが立ち上がる。緋色の髪がぶわりと広がる。

（は……速い！）

アイヴィスの動きが目を追えない。地上の稲妻のように走る赤い閃光は、瞬く間にラタヤナハ星人の一群をなぎ倒した。

「囲め！」

溝端がヒステリックに叫んでいる。だが、

「無理だよ。あなたたちは鈍過ぎる」

ラタヤナハ星人の一人がナイフをアイヴィスに突き出す。だがアイヴィスはそのナイフの先端を指で弾き飛ばし、強かに彼の顎を蹴り上げた。地に崩れ伏したラタヤナハ星人の頭を足蹴にして、アイヴィスは高く跳躍する。

「アイヴィス様の能力は情報統制下におかれ、敵対星軍に知られないようになっています。アイヴィス様は我が軍の統率者であると同時に、戦略上の切り札でもあるからです」

シルヴィーが口を開く。

「アイヴィス様の母親は、ヒーリツァート星人という、体から神経毒を分泌できる性質を持つ男性を伴侶としました。この種族は外敵を毒で麻痺させるという一般的なやり方のみならず、自分自身の抑制系ニューロンを麻痺させることで、電気信号を介した神経の興奮を自ら引き起こし、強めることができます。これによって、膂力や速力を飛躍的に高めるのです」

悠人の脳裏に先程の光景がよぎる。クレーターのように割れた地面。悠人はつぶやいた。

「それって、どういう――」

「戦闘力という点で、アイヴィス様は他のリベルガスケット星人とは全く別種の生き物だということです」

溝端が叫んでいる。銃火器が火を吹き、短刀を持ったラタヤナハ星人がアイヴィスに押し寄せる。だがアイヴィスの動きに比べると、ラタヤナハ星人たちはまるでスローモーションのように遅い。

シルヴィーが言った。

「リベルガスケット星軍の一個旅団よりも、アイヴィス様の方が強い」

それは戦闘ではなかった。勝負ですらなかった。

それは、アイヴィスによる蹂躙だった。

殺到するラタヤナハ星人。彼らの決死の形相とは裏腹に、取り囲まれたアイヴィスは泰然として佇んでいる。

潮と血と硝煙が混じり合って風に吹かれている。

埠頭にはラタヤナハ星人たちが倒れ伏している。死屍累々、起き上がる者は誰もいないという有様だった。

進藤悠人は独り、コンクリートの上に立つ。満身創痍、膝を折らないようにするだけでやっとの状態だ。

彼に相対するのは、銀河の皇女アイヴィス・リベルガスケット。恐るべきことに、あれだけの大立ち回りだったにもかかわらず、アイヴィスは息も上がっていなければ衣服も汚れていない。顔にわずかに飛んだ返り血を、眉をひそめて指で拭った程度だ。

たった数日顔を見ていなかっただけなのに、随分と懐かしい気がした。何を言えばいいのか分からず、悠人はただ荒い息をついた。

「久しぶり、ユート」

アイヴィスが口火を切る。悠人はゆっくりと頷き、返事をする。

「アイヴィス。……ありがとう」

言葉を喋る側から血痰が口に絡む。今さらになって体のあちこちがとんでもなく痛んだ。できることなら、今すぐこの場に倒れ込んで何もかも投げ出して眠ってしまいたい。

「助けに来てくれたのか」

アイヴィスは答えなかった。青い瞳が悠人を向いたあと、すっと横に流れた。

「カナハは？」

「……無事だ」

手足を縛った状態で乱暴に転がされてはいるものの、叶葉に怪我はなさそうだ。穏やかに眠っている。

無言の時間が続く。悠人はじっとアイヴィスの顔を見つめた。思えば、この少女の顔を正面からちゃんと見るのは初めてのことかもしれない。これまで、二股をかけている罪悪感から顔もまともに見られなかった。

「ねえ、ユート」

アイヴィスが小さな声を出す。震える声音で、それでもアイヴィスは言葉を紡ぐ。

「私、二番目でもいいよ」

悠人は目を瞬かせた。アイヴィスは続けた。

「ユートの一番はカナハなんでしょ。邪魔はしないよ、約束する。たまに私と会って、一緒に出かけてくれれば……」

「アイヴィス様、それは」

「シルヴィーは黙ってて」

凄まじい顔をしてシルヴィーはアイヴィスと悠人を見比べたが、諦めたように首を振り、黙り込んだ。

「ユートの好きなものを食べさせてあげるし、欲しいものをあげる。言ってくれれば、どんなことだってする。ユートの願いはなんでも叶える」

アイヴィスは悠人の目を見据えた。

「私を一番に愛してくれなくていい。一緒にいてくれるなら、それでいいの」

その声音は、これまで聞いたどんな言葉よりも切実で、真摯だった。

悠人の頭に、この一ヶ月の出来事が順番に浮かぶ。

出会い方は最悪だった。大事な彼女がいるのに、勝手に大人たちが悠人に世界を託して、したくもない二股をする羽目になった。何でこんな目に遭わなくてはいけないんだと思ったし、当事者にして諸悪の根源たるアイヴィスを呪ったこともあった。

まったく、アイヴィスの傍若無人たるやひどいものだった。学校の備品を壊すわ悠人の家に私物を置くわ体育倉庫で押し倒してくるわ、どれだけ振り回せば気がすむのかと言いたくなる。

「――――」

　夕暮れの教室で叶葉とアイヴィスに詰られたことを想う。泥まみれになったケーキが脳裏に浮かぶ。

（僕は、一度、間違えた）

だから、今度は過たずに。

誰かに言わされた薄っぺらい愛の言葉ではなく。

自分自身の意思を、伝えなくてはいけない。

「できない。君の気持ちには応えられない」

悠人は静かに、はっきりと言った。アイヴィスの目に涙が浮かぶ。

「なんで？　私に魅力がないの？　私のこと……嫌いなの？」

「違う」

悠人は首を振った。

「僕が好きなのは叶葉さんだ。それは変わらない」

けれど、と悠人は続けた。

「アイヴィス。君にも、幸せになって欲しいんだ」

はた迷惑で常識知らずな来訪者ではあるが、同時に、アイヴィスは大切な人だ。傷つけると分かっているのに、アイヴィスを受け入れることはできない。

（そうだ。最初から、地球がどうとか世界がどうとか、知ったこっちゃないんだ）

一介の高校生である進藤悠人には、そんな壮大な話なんてとても担い切れない。そういうことは大人たちが勝手にやればいい。子供に責任を押し付けて大人たちは外野で文句を言うだけなんて、あまりに理不尽。

世界なんて担い切れない。悠人は悠人で、好きにやらせてもらう。

地球の運命なんてものよりも、友達が笑っていてくれることを、選ぶ。

「アイヴィス。僕は君が好きだ。だから、君とは付き合えない」

長い時間、アイヴィスはじっと立ち尽くしていた。やがて、

「……やっぱり」

ぽつり、と口を開いた。

「やっぱり、ユートは素敵な人だね」

どこか嬉しそうに、アイヴィスが笑う。

「ありがとう、ユート」

いつの間にか、夜明けの光が地上へ差していた。

アイヴィスの頬を涙が伝う。陽光に照らされた涙が、宝石のようにきらきら光って落ちた。

Nova 10. 私のことも、好きって言ってよ!

漫画やライトノベルの世界では登場人物が大怪我をしても次の日にはケロッとしていることがままあるが、残念ながら現実はそう都合良くはいかないらしい。

左前腕橈骨・尺骨と右足脛骨と肋骨数本の骨折、強打による肝挫傷と腹腔内出血、外傷性心タンポナーデとそれに伴う心原性ショックを起こした悠人の体は誰がどう見ても入院沙汰どころか命に関わる重症であり、担ぎ込まれた大学病院の医者が「こら手術ですわ」と悠人の顔を見た瞬間につぶやいたのが妙に印象的だった。

あれよあれよという間に手術台に乗せられて麻酔をかけられ、気が付いたら集中治療室のベッドで看護師さんに甲斐甲斐しく世話を焼かれていた。

だが幸い手術後の経過としては全く良好で、「ひょっとしたら死ぬかもしれません」なんてことも言われたものの、結果的には予想以上に早く退院できる運びとなった。

「どんな喧嘩したらあんなことになるの?」

主治医の医者が退院間際にそう尋ねてきた時、まさか「いやあ宇宙人と殴り合いをしまして」なんて言うわけにもいかず、悠人は苦笑いだけを返した。入院中、時々シルヴィーと連絡を取ったが、彼女が言うにはあの埠頭でのラタヤナハ星人との一件は表沙汰にならず内々に処理されたらしい。

退院して病院を出た時、悠人は日差しの眩しさに目を細めた。いつの間にか夏の訪れを感じる季節になっていたようだ。

病院の入り口で思いきり伸びをする。と、

「ユートー！」

走り寄ってくる人影が一つ。アイヴィスはどんと悠人に抱きついた。周囲の視線が集まってきて居心地が悪いが、アイヴィスは楽しそうに頬擦りしている。

「退院したんだね、おめでと！」

「ああ、うん。ありがとう」

いつまで経ってもへばりついているアイヴィスをなんとか引きはがし、悠人は歩き出す。

タクシーで自宅へと向かう中、隣に座って物珍しそうにタクシーの内装を見回しているアイヴィスに悠人は目をやった。

（……この子は、僕のことを、どう思ってるんだろう）

結果的に、アイヴィスはこれまでのように接してくれている。悠人がした仕打ちを忘れたかのように振る舞ってくれている。

けれど、忘れた振りはできても、なかったことにはできない。

赦されたと思うのは、都合の良い願望だろう。

タクシーを降りると、久々に帰ってきた自宅のマンションが目に入った。悠人のマンションは入り口前に小さな広場があり、そこで悠人はアイヴィスに向き直った。

「アイヴィス。ここまででいいよ」

「えー？　部屋まで送るよ」

「大丈夫。一人でできるさ。それに——」

悠人はごくりと唾を飲んだあと、おもむろに首を振った。

「僕と君はもう、恋人じゃないからね」

訣別の言葉は、思いのほか自然と口からこぼれた。

蟬の鳴き声が聞こえる。青い空の中を入道雲が高く立ち上っている。夏が頭上いっぱいに広がっている。

アイヴィスは無言で黙り込んでいる。だんだん悠人は心配になってきた。もしここでアイヴィスが逆上して「やっぱり地球滅ぼすわ」なんて言い出した日には、悠人は全人類に土下座して謝らなくてはいけない。

（いやいやいや、アイヴィスはそんなことするような子じゃないだろ。でも最初の頃はそんな感じのことも言ってたっけ？　そうは言っても、色々あってアイヴィスだって考えが変わっただろうし、今更そんなめちゃくちゃなことは――）

アイヴィスがふっと顔を上げた。その表情は思いの外晴れやかで、悠人は意表を突かれた。

「ユート。私ね、言わなきゃいけないことがあるの」

空を見上げながら、アイヴィスはなんでもないことのように言った。

「私ね。星に帰ろうと思うんだ」

え、と声が漏れた。

「私の故郷――リベルガスケット星はここから一千万光年離れてて、すごく遠いんだ。だから、ユートにも伝えておかないと」

心臓がバクバクと脈打っている。悠人はぎゅっと拳を握った。

「私、皇女だから。やらなきゃいけないことがいっぱいあるんだ。もともと、地球に長居する気はなかったからね」

ざぁっと風が吹いた。アイヴィスの髪が風に揺れる。

「ね、ユート」

アイヴィスが一歩前に踏み出す。悠人はなんとなく、彼女が何を言おうとしているか分かる気がした。

「この二ヶ月くらい、私、すごく楽しかった。ユートと会えて良かった」

アイヴィスが息を吸い、吐く。そして、

「ユート。色々あったけど、それでも。私、あなたが大好き」

不安そうに瞳を揺らしながら、それでも悠人の目を見て、はっきりとアイヴィスは言った。

悠人は目を閉じた。

(今度は……間違わない)

悠人は目を開いた。自分を好きだと言ってくれた女の子と向き合って、悠人ははっきりと気持ちを告げる。

「ありがとう。……君とは付き合えないけど、それでも、嬉しい」

やはり、自分はアイヴィスとは付き合えない。

進藤悠人が好きなのは日野叶葉だけで。

アイヴィス・リベルガスケットの恋に応えることはできない。

けれど同時に、アイヴィスは大切な存在でもある。だからその気持ちには、きちんと向き合いたい。

報いることができないのなら、せめて。心からの誠意と、感謝を。

それが、悠人の出した結論だった。

「……うん。分かってる」

消え入るような小さな声だった。ずきりと胸が痛くなる。

アイヴィスが寂しそうに笑う。すっと悠人から距離を取り、背を向けた。

「バイバイ、ユート！」

アイヴィスは手を振って駆け出した。緋色の髪が揺れて、遠くなっていく。思わずその背中に手を伸ばしそうになる。

（――アイヴィス）

これまで何度、アイヴィスが去ってくれれば良いと思ったか分からない。悠人のことを綺麗さっぱり忘れて、新しい好きな男でも見つけてくれれば、どれほど楽になるだろうかと。

だがこうしてアイヴィスの背を見送っていると、悠人の中にはまったく別の気持ちが湧き出てきていた。ずっと昔から一緒にいた親友がいなくなってしまったような、胸の奥に穴が空いた喪失感が体を満たす。

（……もう、会えないのかな）

伸ばしていた手を下ろす。さよなら、と呟く。アイヴィスの姿はどんどん小さくなって、やがて見えなくなった。

自宅の玄関で靴を脱ぐのは久しぶりで、懐かしかった。スーツケースの中身から着替えやら小物やらを取り出して整理していると、インターホンが鳴る音がした。

「……？　誰だ？」

悠人はインターホンの通話ボタンを押す。画面に表示されているのは意外な人物だった。

『突然すみません。日野叶葉と申します。……進藤悠人様は、ご在宅でしょうか』

悠人は戸惑いを禁じ得なかった。思わず尋ねる。

「どうしたの、急に」

叶葉は答えなかった。目が泳いでいる。悠人はしばらく悩んだあと、解錠ボタンを押して叶葉を招き入れた。

進藤家のリビングで、悠人と叶葉はテーブルを挟んで向かい合っている。テーブルには二つのコップが置かれ、インスタントコーヒーの湯気が立ち上っていた。

「急に押しかけてすみません。今日退院だと伺っていたもので……。お怪我は、もう大丈夫なんですか」

「ああ、全然平気だよ。ほらこの通り」

悠人は左腕をぐるぐると回してみせた。叶葉は「良かったです」とはにかんだ。

「叶葉さんの方こそ、体調は大丈夫なの」

「私ですか？」

叶葉が目をぱちくりさせる。

「ええ。特に問題ありませんが……？」

叶葉は不思議そうな顔をしている。悠人は心の中で胸を撫で下ろした。あの埠頭の一件のあと、叶葉は眠ったまま自宅に送り届けられたとはアイヴィスから聞いている。実は怪我をしていたのではないか、あるいは棚橋や溝端とのやり取りを見られていたのではないか——色々と気を揉んでいたのだが、この叶葉の様子を見るに、どうやら杞憂だったようだ。

しばし、沈黙が流れる。気まずい時間だった。なにせ、別れたばかりの元恋人同士である。何か話題はないものかと悠人は頭を巡らせる。苦し紛れに「サバンナモンキーの睾丸は青いって知ってる？」と言おうとした悠人だが、

「悠人さん」

「サバンナモンキーの睾丸は……あ、うん。何？」

先んじて叶葉が口火を切った。

「私たちの同級生の、棚橋一誠くんを覚えていますか」

「あ、ああ。うん。それはもちろん」

悠人の体中の骨を折ってくれた相手だ。忘れようがない。

「学校を辞めたようです。なんの前触れもなく突然のことだったので、随分噂になりました」

叶葉はコップに口をつけ、インスタントコーヒーを一口含んだ。

「学校から彼がいなくなる前日、私は彼に校舎裏に呼び出されました。放課後、私は約束した場所に向かいましたが、その後の記憶がなぜかありません。気がついたら、家の布団に寝ていました」

「……そう、なんだ」

「そして、悠人さん。あなたが大怪我をして入院したのも、その日のことですよね」

悠人はごくりと唾を飲んだ。この子はどこまで気づいているのだろう。

「棚橋くんは、おそらく私に好意を持ってくれていたのだと思います。何度か二人で出かけたいと言われました。ただあの日の彼は、どこか様子が変でした」

インスタントコーヒーを一口飲んだあと、叶葉は尋ねた。

「悠人さん。何か、ご存知ありませんか」

悠人は答えず、黙ってテーブルの木目を見つめる。叶葉が息を吐く。

「記憶がないと言いましたが。実は一つ、ぼんやりと覚えていることがあります」

どくんと悠人の心臓が跳ねた。動揺を顔に出さないよう必死になりながら、悠人は続きを促す。

「見たこともない、静かで薄暗い場所です。見ず知らずの人たちが私を囲んでいて、でも、私は動けませんでした」

信じがたい思いで悠人は叶葉を見返す。叶葉はぽつぽつと続けた。

「誰かが言い争うような声が聞こえました。男性の声で――なぜか、私のよく知っている人たちの声でした」

叶葉が言っているのは、溝端たちとアイヴィスが争ったあの埠頭の一件だろう。棚橋は薬を嗅がせたと言っていたが、わずかに覚醒していたということだろうか。叶葉は続けた。

「私の前に、一人の男の子が立っていました。彼は何度も殴られて、それでも立ち上がりました。誰かを……私を、守ってくれているようでした」

悠人さん、と叶葉が呼んだ。

「あれは、あなたですね」

悠人は何も言えなかった。

今すぐ否定しなくてはいけないのは分かっている。あの日の出来事を説明するなら、どうしたってアイヴィスたち宇宙人の存在に触れなくてはいけなくなる。情報を漏らすな、と悠人は総理をはじめ政府の人間たちに何度も念を押されている。

なのに、悠人の口は動かなかった。どうしても返事をできなかった。

悠人さん、と再び叶葉が言った。

「ありがとうございました」

叶葉が頭を下げる。悠人の脳裏に、かつて叶葉が言った言葉が甦った。

――この人の『好き』という言葉は、一生を共にするに値すると思ったからです。

――私は今でも、あなたが裏切ったとは思えないのです。

顔を上げた時、叶葉は穏やかに微笑んでいた。彼女のそんな表情を、悠人は随分久しぶりに見たような気がした。

「あなたは、やっぱり私が思った通りの人でした」

悠人は反射的に下を向いた。今の顔を叶葉に見られたくなかった。

抑えようのない涙が、頬を伝って落ちた。

叶葉が悠人の家を訪れる数日前。

自宅の居室で叶葉は本を読んでいた。最近暑くなってきたので、Tシャツにショートパンツというラフな格好をしている。子供の頃から使っている椅子に背を預けて活字を目で追っていると、ふと庭先に誰かが立っているのが見えた。

父の仕事仲間かと思い、叶葉は本を閉じて視線を向けた。だがそこに立つ人物を見て、叶葉は目を丸くする。

「……アイヴィスさん？」

白石や松の木が並ぶ古風な日本庭園の中で、アイヴィスの赤い髪はひどく目立っていた。日野家はセキュリティーが固く、部外者が気軽に入れるようにはなっていない。果たしてどうやってここへ来たのだろうと訝る叶葉。

アイヴィスはなんだかバツの悪そうな顔をして視線をさまよわせている。叶葉は声をかけた。

「何か用ですか」

言葉に棘が混じる。叶葉にしてみれば、アイヴィスは悠人を横から奪おうとした恋敵だ。悪く思うなという方が無理な相談である。

「あー……うー……」

叶葉に声をかけられたアイヴィスは、実に様々な表情を見せた。顔を赤くして今にも怒鳴り出しそうになったかと思えば、落ち込んだように肩を落として目を伏せ、かと思うと今度は気まずそうに苦い顔で唇を噛み、そして照れたように頬を染める。

たっぷり数分間の百面相を披露したあと、アイヴィスはおもむろに一歩踏み出した。

「…………私」

アイヴィスが言葉を発する。

「謝らないから」

そっけない口ぶりだった。叶葉は何度か瞬きを繰り返したあと、口元に手を当てた。

「悠人さんのことですか」

「は？」

嚙み付くようにアイヴィスが目をすがめる。叶葉は気にせず続けた。

「あなたが原因で私と悠人さんは別れましたから」

アイヴィスは口をへの字にして吐き捨てた。

「違う。全然違う。自意識過剰だから、それ」

つま先で白砂をいじるアイヴィス。だがそのばつの悪そうな態度は、叶葉の指摘が間違いではないことを雄弁に物語っている。

意外だった。いかにも傍若無人、他人のことなんて路傍の石くらいにしか思っていないタイプだと思っていたが。

いや、実際にそうだったのだろう。アイヴィスがやってきてから数ヶ月経つ。その間に、彼女の価値観は変わった。なんで、と理由に想像を巡らせて、

(……決まってる、か)

気弱そうな顔をした少年の顔が頭に浮かぶ。彼がアイヴィスを変えたのだ。

叶葉はアイヴィスに目を向けた。思えばこの少女と正面から話すのは初めてだった。こうして見ると、本当に現実離れして綺麗な顔立ちをしている。まるでどこか遠い星からやってきたかのように。

くすり、と笑みがこぼれた。

「案外、律儀ですね」

叶葉は胸元に手を当てた。アイヴィスは「ん」とぶっきらぼうに唇をへの字にする。

「遠慮はしませんよ」

叶葉の言葉を聞き、アイヴィスが顔を上げる。叶葉とアイヴィスの視線が交わる。

「――フン」

アイヴィスが鼻を鳴らす。先程までのバツの悪そうな顔が嘘のように、不敵な顔をしていた。

「私、戦いに負けたことないの」

強く風が吹く。叶葉はほんの一瞬だけ目蓋を閉じる。目を開くと、アイヴィスの姿はなくなっていた。庭の白砂の上に残った足跡が、風に巻かれて吹き消えていく。

空を見上げる。立ち昇る入道雲を見ながら、叶葉は目を細める。

「……なら、これが初めてですね」

誰にも聞こえないくらいの小さな声で、

「──元カノとよりを戻すなんて、よくある話ですから」

そっと呟いた。

どこかの家で、風鈴がりんと鳴った。

＊＊＊

「なるほど。君も色々大変だったな」

進藤家で煎餅をボリボリかじりながら、総理は少し髪の薄くなった頭をすっと撫でた。くたびれたスーツはところどころシミがついており、最近家に帰れていないのであろうことを窺わせた。

「とすると、アイヴィスちゃんはもう地球を出た頃か」

「そうだと思います」

悠人が頷くと、深々とため息をついて総理は椅子にもたれかかった。

「こう言っちゃなんだが、肩の荷が降りた気がするな」

総理はボリボリと頭をかいた。

「この数ヶ月は本当に大変だった……家に帰らなさ過ぎて嫁は激怒するし……娘はパンツを一緒に洗うのを嫌がるし……帰っても俺の晩御飯だけないし……」

止めどなく愚痴を吐き続ける。一国の総理にまで上り詰めても、家庭の中では色々と悩みが尽きない様子だ。

「おっさんは辛いよ、ほんとに」

その言葉は、悠人がこれまで聞いたどんなセリフよりも実感がこもっていた。

「君も色々と重荷を背負わせて悪かったね。日本国として、礼を言おう」

「あ、いや。そんな。全然、大丈夫です」

頭を下げた総理に対して、悠人はパタパタと手を振る。だがそんな悠人を総理は手で制した。

「謙遜するな。君は紛れもなく世界を救ってくれたんだ。君がアイヴィスちゃんと仲良くなって、彼女の価値観に変化をもたらした。その結果、全人類が今日も朝日を拝むことができたってわけだ。感謝してもし切れない」

総理は煎餅を平らげたあと、ずいと身を乗り出した。

「どうだろう、進藤くん。何か欲しいものや、して欲しいことはないか。もし希望があれば、できる限り叶えよう」

悠人は目をパチクリさせた。

「君は地球を救った立役者だぞ。堂々と仕事の対価を求めるべきだ」

悠人は顎に手を当てて考え込んだ。総理は肩をすくめる。

(僕の、欲しいもの……)

そう言われても、急には思いつかない。だがしばらく思案して、悠人はポンと手を打った。

「そうだ。それなら——」

悠人の要望を聞いて、総理が目を丸くする。

「別に構わんが、そんなものでいいのか？」

「ええ。……アイヴィスがいなくなったら、無性に食べたくなっちゃって」

窓の外を悠人は見た。初夏の夜空は透明に晴れ渡っていて、いくつもの星が瞬いている。あのうちのどれかは、リベルガスケット星からも見えているだろうか。そんなことを考えて、悠人は小さく笑った。

久しぶりに登校した学校の職員室で溝端の顔を見た時、悠人は自分がまだ夢でも見ているのかと思った。

「なんだよその顔は」

呆気に取られてぽかんと口を開ける悠人を見て、溝端が不機嫌そうに口をへの字にする。足を組んで椅子にもたれかかり、溝端は悠人をじろりと見上げる。

「なんでここにいるんですか」

「私はこの学校の教師で、お前たちの担任だ。いて悪いか」

「いや、でも……」

あなたあの埠頭でアイヴィスにボコボコにされてましたよね、とは周りの人目が気になってなかなか口にできない。戸惑う悠人の前で溝端は深々とため息をつき、

「あの皇女のせいだ」

「……アイヴィスの？」

「私が母星と連絡を取れないよう、手の届く場所に置いておいた方が良いと考えたんだろ。こんなの捕虜みたいなものだ」

つまり、溝端を担任に留めたのはアイヴィスの意思ということだろうか。

「……それに、今さらノコノコ帰ったら、軍部に何を言われるか分かったもんじゃないからな。ああ、お先真っ暗だ。くそ」

伸び縮みする例の棒（正式名称はいまだに知らない）で苛立たしげにカンカン机を叩く溝端。

まあ悪さをする気はなさそうだしいいか、と悠人は納得する。

「もうすぐホームルームだ。教室で待ってろ」

首肯し、悠人は職員室を出た。


数ヶ月ぶりの学校は、いつの間にか衣替えも終わりすっかり夏模様になっていた。冷房が中途半端な冷気をカビの臭いと共に送り込んでくる。廊下を歩いていると、周囲の視線が一斉に集まってくるのを感じた。

「あれ、進藤じゃね」

「ああ、日野さんとリベルガスケットさんの……」

冷ややかな視線が次々に突き刺さる。時間が経ったからといって、進藤悠人への悪評が収まっていることはとても期待できない。分かっていたことだが、実際にこうして現実を突きつけられると、やはり滅入るものがあった。

下を向き、人と目を合わせないようにして廊下を歩いていると、

「進藤」

こちらを呼び止める声。振り向くと、数人の男女が不快そうに眉をひそめてこちらを見ていた。その中でも一際背の高い女子は見覚えがある。叶葉の友人で、確か篠川七榎といったはずだ。彼女は低い声で言った。

「退院したんだ」

「あ、うん。幸いね」

「そ。おめでとう」

別にめでたいとも思ってなさそうな、気のない口ぶりだった。

「大した面の皮だよね」

七榎は鼻を鳴らした。

「ちょうど良かったんじゃない？　ほとぼりが冷めるまで、病院でゆっくりできたんだから」

明らかに敵意のある、棘のある口調だった。だが悠人には言い返すことはできなかった。

「赦されたなんて思わないでね。あんた、叶葉を泣かせたんだから」

心底から侮蔑の込められた目で、七榎は悠人を見る。そういえば前もこんな顔されたな、と悠人は思い返す。

顔がほころぶ悠人。七榎は不愉快そうに口を歪めた。

「なに笑ってんの？」

「ああ、いや。悪気はないんだ。ただ」

悠人は小さく笑った。

「少し嬉しかったんだ。君が、叶葉さんのために心底怒ってるのが。……良い友達だなと思ってさ」

七榎は目を何度か瞬かせた。そののち、盛大に舌打ちをする。

「なにを開き直って――」

「七榎」

突然、声が割り込む。聞き覚えのある声音だった。

振り返り、悠人は息を呑む。手足が固く動かなくなり、目が離せなくなる。

靴が廊下を打つ。日差しが横顔を照らしている。朝の喧騒が徐々に静まっていく。衆目が、悠人たちと彼女に集中する。

日野叶葉が、こちらへと歩み寄ってくる。

叶葉は悠人と七榎を順に見比べた。そののち七榎を見上げ、

「悠人さんを責めないでください」

七榎は目を丸くした。

「え、でも、こいつは」

「七榎」

叶葉は短く、しかし断固とした口調で言った。

「私が、それを望みません」

悠人は唾を飲んだ。叶葉の言葉には有無を言わせない迫力があった。威圧感に指先が痺れる。

静かな気迫を放つ叶葉を見ながら、そう言えばこの子ヤクザの娘だった、と悠人は思い至る。

七榎は納得いかなそうな様子ながら、

「……分かった」

と渋々首肯する。最後に悠人を一睨みしたあと、七榎たちは三々五々に散っていった。

悠人は叶葉に声を掛ける。

「あ、あの。叶葉さん」

返事はない。悠人は何度か深呼吸を繰り返した。

「あり、がとう」

叶葉は無言のまま、くるりと踵を返した。どこか寂しい気持ちで、悠人はその背中を見送る。

「……今度」

急に叶葉が立ち止まる。くるりと振り返って、

「今度、お礼にどこか連れて行ってくださいね」

そう言い残して、叶葉は再び歩き出した。始業前の生徒たちに紛れ、程なく叶葉の背中は見えなくなった。

「――――はは」

ぽりぽりと頬をかいたあと、悠人は教室へと歩き出した。その腕には、真新しいスマートウオッチが巻かれている。

「お、悠人。久しぶりだな」

教室に入ると、一本木が目を輝かせて顔を近づけてきた。一本木は声を潜めて、

「聞いたか？　棚橋一誠が学校辞めたらしいぞ」

「知ってるよ」

「なんだ。つまらん」

一本木は悠人を肘で小突いた。

「お前が入院したの、棚橋がいなくなったのと同時期だったからさ。日野を巡って大喧嘩したんじゃないかなんて邪推してる連中もいる」

「ははは。まさかそんな」

案外いい線いってるのだが、もちろんそんなことは言えないので悠人は引きつった愛想笑いを返した。

悠人はちらりと後ろの席に目を向けた。かつてアイヴィスが使っていた席は、うっすらと埃が積もっていた。誰かが使っている形跡はない。どうやら空席のままのようだ。

「最近来ないんだよ、アイヴィスちゃん」

一本木は頬杖をついたまま言った。悠人はぽつりと呟く。

「……多分、もう来ないんじゃないかな」

悠人はアイヴィスが使っていた机の上に手を置いた。冷んやりとした木の温度が伝わってく

る。

アイヴィスはもう地球を発ったはずだ。学校に来るわけがないし、また顔を合わせる機会があるかも怪しい。アイヴィスの顔や声を思い出して柄にもなく感傷に浸っていた悠人。

しかし突然、ズドンと腹の底に響く音が聞こえてきた。

「……なんだ？」

周りの生徒たちも不思議そうに顔を見合わせている。と、

「え、何アレ」

女子生徒の一人が声を上げた。彼女は校庭へと目を向けていた。窓際に次々に生徒が集まって騒ぎ始める。悠人はつられて窓の外に視線をやり、思わず目をむいた。

校庭に鎮座しているのは、校舎と同じくらいの大きさがある巨大な球形の物体だった。わずかに校庭の土にめり込んでおり、砂場に突き立った卵のような様相だ。卵形の物体の表面は虹のように次々に色を変えていて、ずっと見ていると目がおかしくなりそうだった。

あんな巨大なものがいつの間に学校の校庭に現れたのか。というか、そもそもあれはなんなのか。

（……まさか）

ふと引っ掛かりを覚える。頭をよぎったのは緋色の髪をした、はた迷惑な銀河の皇女だ。

「すげえなあ。映画部の撮影かアレ？　……っておい、悠人、どこ行くんだよ」

一本木の声を置き去りにして、悠人は教室を飛び出した。

階段を一段飛ばしで駆け下り、悠人は校庭へ急ぐ。息を切って校庭へ飛び出すと、卵の表面の一部が変形しつつあった。ちょうど足の幅程度の広さを持って、足を伸ばすように卵の表面から足場が延びる。

（あの卵、宇宙船か！）

殻が割れるように卵の表面に穴が空く。卵の中から人影が歩み出てきて、悠人は自分の想像が正しかったことを知る。

誰かが走り寄ってくる。まるで流れ星を見つけた子供のような笑顔だった。

「アイヴィス！」

「ただいま、ユート」

アイヴィスが悠人に飛びつく。思わず抱き止めた腕から、確かな体温が伝わってくる。悠人は信じられない思いで尋ねた。

「星に帰ったんじゃないのか」

「帰ったよ。で、ソッコーで地球に戻ってきた」

「一千万光年離れてるとか言ってなかったっけ」

「そう。遠いから、さすがに日帰りは無理なんだよね」

あっけらかんとアイヴィスは言う。アイヴィスの顔を思い出してエモい気分になっていた自分がやにわに恥ずかしくなり、悠人は頭を抱える。

周囲がざわついている。後ろを振り向くと、校舎からワラワラと他の生徒が出てくるのが見えた。その先陣を切って早足で歩いてくるのは叶葉である。目を丸くして悠人を見たあと、ベタベタくっついているアイヴィスにゆっくりと視線を移す。

「……悠人さん？　何をしているんですか」

こめかみに青筋を浮かべて叶葉が言う。悠人は相変わらず引っ付いたままのアイヴィスを見てから、恐る恐る叶葉へと向き直った。叶葉はにこやかに笑っているが、その背後に鬼が見える。

「いやあのですね、僕にも正直何がなんだか」

せっかく先ほどはいい感じに仲直りできたのに、これでは元の木阿弥である。しかし当のアイヴィスはどこ吹く風で、それどころかこれ見よがしに悠人の首筋にほっぺたをこすりつけている。

「私がユートを残していくわけないじゃん」

アイヴィスが白い歯を見せて笑う。叶葉の眉間に刻まれる縦じわがさらに一本増えたのを見て、悠人の背中を滝のような冷や汗が流れ落ちる。

悠人は小さな声で言った。

「……アイヴィス、僕は」

「いいよ。分かってるから」

アイヴィスは悠人の耳元に口を近づけ、ささやく。

「ユートが私を好きって言ったのは嘘だったのも、本当に好きなのはカナハだったのも、全部分かってる。分かってるけどさ」

アイヴィスはふっと悠人の耳に息を吹きかけた。悠人はびくりと肩を震わせる。

「……それでも、好きなんだよ。あの日、カナハを守って頑張るユートは、本当に素敵だったよ」

悠人の顔が真っ赤になった。

ポケットの中に入っているチケットがちらりと見える。悠人はふっと肩の力を抜いて苦笑いした。

それは某有名中華料理店の食べ放題チケットだった。どうにも無性に肉まんが食べたくなり、総理に頼んでもらったのだ。

仕方がない。せっかくだから、この迷惑な宇宙からの来訪者と一緒に、肉まんを頬張りに行くとしよう。

悠人は顔を上げた。アイヴィスは嬉しそうに笑っている。

「あんな風にユートに愛してもらえたら、私もう何も要らない。だからいつか――」

アイヴィスは二人だけの秘密とばかりに囁いた。

「――私のことも、好きって言ってよ。ユート」

銀河の皇女アイヴィス・リベルガスケットは、恋する少女のように頬を染めていた。

○○モードの代償
おなかすいたあああー！
モグ
パク
モグ
パク
モグ
パク
あと どのくらい必要ですか？
ん――――…さんびゃくー。

あとがき

二十代も終わりに近づき、僕の周囲ではボチボチ婚活だの結婚だのという言葉が聞かれるようになってきました。友人がマッチングアプリでハイパー美人とマッチして意気揚々と出かけたら不動産投資の勧誘を受けたり、婚活パーティーで泥酔して大失敗したりした話を笑いつつ、「もうそんな年なんだなあ……」と背筋が凍る思いがします。飲み会で友人たちが、

「どうやって俺たちは結婚相手を見つけるべきか」

「そもそも彼女を作らなければ話にならない」

「職場恋愛は危険だぞ」

「マッチングアプリを五個くらいインストールするのはどうだ」

「独身も悪くない」

「いっそ二次元に活路を見出すべきでは」

などと激論を交わす中、ふと思い立ったのが、

「世界一格好いい二股野郎を書きたい」

という本作のコンセプトになります。

この物語は二股をかける高校生の話ではありますが、僕自身は特に二股が悪いとか、どこからが浮気かとか、そういう話にはあまり興味がありません。結局個人の価値観で、きっちり客

観的な線を引くことはできないと思います。

そんなことよりも、とどのつまり僕は、好きな相手のために突き進む若者たちが書きたかったのです。

読者の皆様、進藤悠人やアイヴィス・リベルガスケットはどうだったでしょうか？　もし彼らを好きになってもらえたなら、作者としては望外の喜びです。


この小説は僕にとって通算四冊目の本です。担当編集の阿南さん、小原さんにはこれまで以上にお世話になりました。また今回初めて一緒に仕事をしたそふら先生、素晴らしいイラストをありがとうございます。このあとがきを書き連ねている時点ではキャラと表紙のラフを拝見していますが、あまりに美麗なイラストを前に作者はテンションがブチ上がっています。

そして何より、読者の皆様へ。手にとっていただき、本当にありがとうございます。前作から随分と間が空いてしまいましたが、ようやく新しい物語をお届けできました。

午鳥は引き続き力の限り小説を書き続ける所存ですので、どうか今後ともよろしくお願いします。また会いましょう。

2022年　白露　午鳥志季

日野叶葉
アイヴィス（制服）
アイヴィス（ドレス）
進藤悠人
ザ・フツウ
RoughSketch
ラフスケッチ

八重歯
あっても
良いかも……
シルヴィー
一本木進
キャ
篠川七榎
溝端智美
総理大臣
日野剛造
日野
剛造

◉午鳥志季著作リスト

「ＡＧＩ　－アギ－
バーチャル少女は恋したい」（電撃文庫）
「ＡＧＩ　－アギ－　Ver. 2.0
バーチャル少女は踊りたい」（同）
「私のことも、好きって言ってよ！
～宇宙最強の皇女に求婚された僕が、世界を救うために二股をかける話～」（同）
「それでも、医者は甦る
－研修医志葉一樹の手術カルテ－」（メディアワークス文庫）

本書に対するご意見、ご感想をお寄せください。

ファンレターあて先
〒102-8177　東京都千代田区富士見2-13-3
電撃文庫編集部
「午鳥志季先生」係
「そふら先生」係

本書は書き下ろしです。

電撃文庫

私のことも、好きって言ってよ！
～宇宙最強の皇女に求婚された僕が、世界を救うために二股をかける話～

午鳥志季

2022年11月10日　初版発行

発行者　山下直久
発行　株式会社KADOKAWA
〒102-8177　東京都千代田区富士見2-13-3
0570-002-301（ナビダイヤル）
装丁者　荻窪裕司（META＋MANIERA）
印刷　株式会社暁印刷
製本　株式会社暁印刷

●お問い合わせ
https://www.kadokawa.co.jp/（「お問い合わせ」へお進みください）
※内容によっては、お答えできない場合があります。
※サポートは日本国内のみとさせていただきます。
※Japanese text only

※定価はカバーに表示してあります。

ISBN978-4-04-914684-4　C0193　Printed in Japan

電撃文庫　https://dengekibunko.jp/

電撃文庫創刊に際して

文庫は、我が国にとどまらず、世界の書籍の流れのなかで〝小さな巨人〟としての地位を築いてきた。古今東西の名著を、廉価で手に入りやすい形で提供してきたからこそ、人は文庫を自分の師として、また青春の想い出として、語りついできたのである。

その源を、文化的にはドイツのレクラム文庫に求めるにせよ、規模の上でイギリスのペンギンブックスに求めるにせよ、いま文庫は知識人の層の多様化に従って、ますますその意義を大きくしていると言ってよい。

文庫出版の意味するものは、激動の現代のみならず将来にわたって、大きくなることはあっても、小さくなることはないだろう。

「電撃文庫」は、そのように多様化した対象に応え、歴史に耐えうる作品を収録するのはもちろん、新しい世紀を迎えるにあたって、既成の枠をこえる新鮮で強烈なアイ・オープナーたりたい。

その特異さ故に、この存在は、かつて文庫がはじめて出版世界に登場したときと、同じ戸惑いを読書人に与えるかもしれない。

しかし、〈Changing Times,Changing Publishing〉時代は変わって、出版も変わる。時を重ねるなかで、精神の糧として、心の一隅を占めるものとして、次なる文化の担い手の若者たちに確かな評価を得られると信じて、ここに「電撃文庫」を出版する。

1993年6月10日
角川歴彦

電撃文庫

春夏秋冬代行者(しゅんかしゅうとうだいこうしゃ)

暁の射手(あかつきのしゃしゅ)

暁(あかつき) 佳奈(かな)

◇◇◇

2023年1月10日　初版発行

発行者　山下直久
発行　株式会社KADOKAWA
〒102-8177　東京都千代田区富士見2-13-3
0570-002-301（ナビダイヤル）
装丁者　荻窪裕司（META＋MANIERA）
印刷　株式会社暁印刷
製本　株式会社暁印刷

●お問い合わせ
https://www.kadokawa.co.jp/（「お問い合わせ」へお進みください）
※内容によっては、お答えできない場合があります。
※サポートは日本国内のみとさせていただきます。
※Japanese text only

※定価はカバーに表示してあります。

ISBN978-4-04-914686-8　C0193　Printed in Japan

電撃文庫　https://dengekibunko.jp/

電撃文庫創刊に際して

文庫は、我が国にとどまらず、世界の書籍の流れのなかで〝小さな巨人〟としての地位を築いてきた。古今東西の名著を、廉価で手に入りやすい形で提供してきたからこそ、人は文庫を自分の師として、また青春の想い出として、語りついできたのである。

その源を、文化的にはドイツのレクラム文庫に求めるにせよ、規模の上でイギリスのペンギンブックスに求めるにせよ、いま文庫は知識人の層の多様化に従って、ますますその意義を大きくしていると言ってよい。

文庫出版の意味するものは、激動の現代のみならず将来にわたって、大きくなることはあっても、小さくなることはないだろう。

「電撃文庫」は、そのように多様化した対象に応え、歴史に耐えうる作品を収録するのはもちろん、新しい世紀を迎えるにあたって、既成の枠をこえる新鮮で強烈なアイ・オープナーたりたい。

その特異さ故に、この存在は、かつて文庫がはじめて出版世界に登場したときと、同じ戸惑いを読書人に与えるかもしれない。

しかし、〈Changing Times,Changing Publishing〉時代は変わって、出版も変わる。時を重ねるなかで、精神の糧として、心の一隅を占めるものとして、次なる文化の担い手の若者たちに確かな評価を得られると信じて、ここに「電撃文庫」を出版する。

1993年6月10日
角川歴彦